川江博物

陶灵 著

百花文艺出版社
天津出版传媒集团

图书在版编目（CIP）数据

川江博物 / 陶灵著. -- 天津：百花文艺出版社，2022.12
ISBN 978-7-5306-8347-7

Ⅰ. ①川… Ⅱ. ①陶… Ⅲ. ①散文集-中国-当代 Ⅳ. ①I267

中国版本图书馆 CIP 数据核字(2022)第 216494 号

川江博物
CHUANJIANG BOWU
陶灵 著

出 版 人：薛印胜
策划统筹：汪惠仁 张 森 封面设计：蔡露滋
责任编辑：沙 爽 田 静
出版发行：百花文艺出版社
地址：天津市和平区西康路 35 号 邮编：300051
电话传真：+86-22-23332651（发行部）
+86-22-23332656（总编室）
+86-22-23332478（邮购部）
网页：http://www.baihuawenyi.com
印刷：山东临沂新华印刷物流集团有限责任公司
开本：787×1092 毫米 1/32
字数：163 千字
印张：9
版次：2022 年 12 月第 1 版
印次：2022 年 12 月第 1 次印刷
定价：59.00 元

如有印装质量问题，请与山东临沂新华印刷物流集团有限责任公司联系调换
地址：山东省临沂市高新技术产业开发区新华路 1 号
电话：(0539)2925886 邮编：276017

水志

鱼泪

鱼也会哭

只是它在水里

你看不见它的眼泪

——姜二嫚(十岁)

水猫子和水老鸦

川江江湾及支流、河口地带，水流平缓，打鱼人划着渔船，装着水猫子和水老鸦去捉鱼。小时候，父亲有空时，经常带我去看。打鱼人一拍手，水猫子就蹦下船，钻入水中。水老鸦要用桡片或篙竿赶、打，它们才肯下水。水猫子是俗称，学名水獭，鼬科动物，善于游泳和潜水。成年水猫子包括尾巴在内，有一米多长，体重七公斤左右。水老鸦学名鸬鹚，一种大型食鱼鸟。它的羽毛乌黑发亮，体长八十公分左右，重约两公斤。水老鸦寿命大概十五年，长的达二十年。

水猫子四肢短，即便站着，看起来也像是蜷伏在船头。它随时都被一根长绳子拴着，父亲说：“水猫子性野，不拴起，就游跑了。”水老鸦有时立在船头，有时站在渔船中间的篾席棚上。我问父亲：“水老鸦怎么不拴起呢？”父亲回答：“它的翅膀毛剪了的，飞不起来。”

江河上渔船有大有小，一种名“三块板”的小渔船在水面上轻盈如飘叶，用三块薄木板经火烤塑型后钉成，只容一人坐在中间，双手握单桨左右划行。人也可站立，用篙竿左边划一下右边划一下。下河打鱼时背起三块板出门，打完鱼又背着回家。

一般的渔船叫小划子，比三块板大两三倍。第二个舱为活水舱，底板有洞，与江水相融，临时养鱼。这种渔船前头无艄，后艄代舵，单桡，打鱼人左手掌艄，右手划桡。如果船尾也无艄，则推双桡前行。小划子渔船都是各自打鱼，不扎堆，下网、布钩、手打和水老鸦与水猫子等全套方法都会。打鱼人多为夫妻，吃住在渔船上，以船为家，过去生儿育女也不离船。父亲说，小划子造好后，下水时，要人多，一口气推下河，一切才顺畅。

川江一带打鱼人，唐代的时候就驯化水猫子和水老鸦捉鱼。川东山区和大巴山一带的溪河有野生水猫子，以前在乡场集市可以买到。买的时候只要重量接近两斤但不超两斤的：太小，养着不划算；太大，喂不家（方言，难经喂养驯化之意）。买来后每天喂它小鱼吃，长到四斤时才开始训练。打鱼人在水中抛

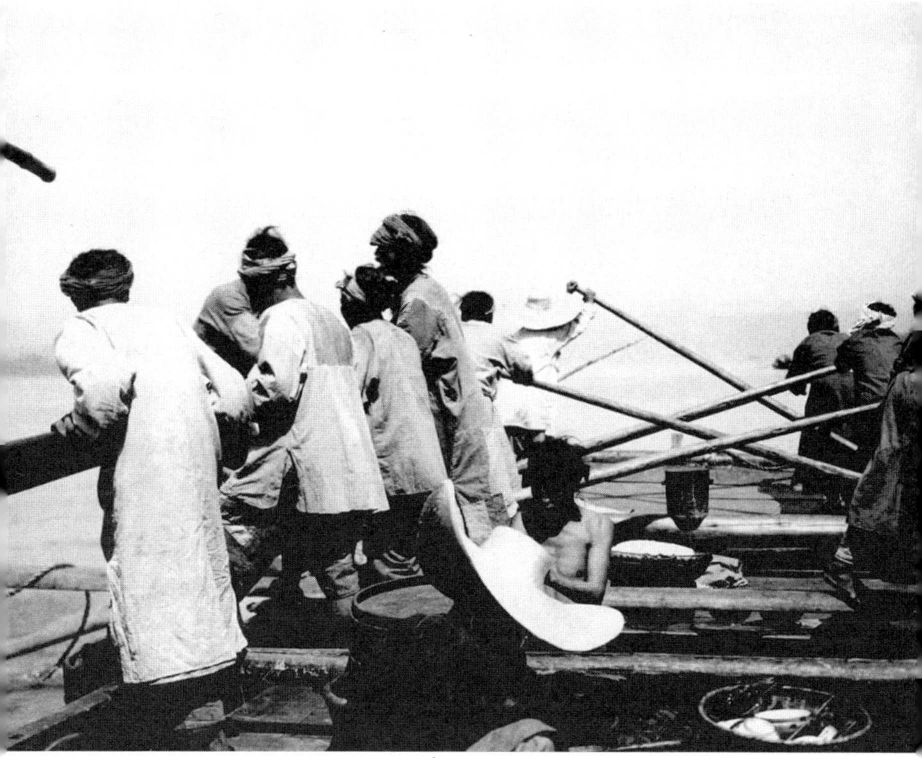

摇橹划桡 （[美]张伯林摄于 1909 年）

开旋网（手网），慢慢收拢，拨开手边一个网口，丢进一两条大鱼，然后放水猫子下去。它平时吃惯了鱼，一会儿嘴巴上就咬着一条鱼钻了出来，全身湿漉漉的，一抖，水散开，毛干了，防水性好。打鱼人抓住它颈子，把鱼夺下来再丢进网里，让它再去捉。像这样，一只水猫子要训练一年左右才能正常捉鱼，并可使用上十八九年。如果某一天死了，打鱼人会把它埋在山上。

民国时期，冬腊月水枯，重庆城的广船出不了川，一些桡胡子就到下梁沱去抓水猫子，它们的窝在江心石梁隙洞里。桡胡子在背风处搭个简单篾棚，白天探好水猫子下水捉鱼的路线，天黑了就去设陷阱网。清早，水猫子出来，一触碰到机关就被网罩住，桡胡子立刻冲过去隔着网把它按住。但用力不能太大，弄死或弄伤了不值钱。力太小，水猫子很灵性，反过头来就是一口，咬到桡胡子大拇指，钻心的痛。如果顾痛，手自然会稍微松一下，它嗖地一下窜出去跑了。抓到的水猫子归船老板。小的卖给渔民驯化抓鱼；大的难驯化，杀了吃肉，皮毛贵，卖钱。去抓水猫子的桡胡子都有工钱，亲手抓到的，额外得到一块大洋，作为奖励或用来治咬伤。

水猫子钻到水中时，可以关闭耳孔和鼻孔，防止水侵入。它捉鱼，先用爪子抓，其爪锐利，然后用嘴咬住。水猫子食鱼为主，也吃蛙、螃蟹、鸟类，放它捉鱼前，饿上一段时间，捉鱼才努力。

据说，水老鸦最先从安徽一带买回来，驯化时怕它飞跑了，要剪掉左边翅膀上的六支羽毛。它的嘴壳子前端带一个锋利的弯钩，啄到的鱼是跑不了的。碰到大鱼时，它就发出嘎嘎嘎的叫声，其他水老鸦马上赶过去，不一会儿，一只啄鱼头，一只啄鱼尾，抬着一条大鱼露出水面。江河汛期水浑浊，水老鸦的眼睛会看不见，不能捉鱼。父亲说，他在汤溪河水非常清澈的时候，看过水老鸦捉鱼。鱼在前面使劲游，水老鸦收紧翅膀在后面猛追。本来追不上，那鱼笨，不时转过头来看水老鸦还有多远，当然就被咬住了。

水猫子捉的鱼比水老鸦的大，一般三到五斤。水猫子与水老鸦也合作捉鱼，水猫子钻进石洞中，把鱼撵出来，水老鸦等在洞口。打鱼人在它们颈子上都系着一根细绳，捉到鱼后才吞不到肚子里去。它们含着鱼回到船上，打鱼人解开细绳，奖赏一两条小鱼，或猪心肺之类的肉食。往往捉了鱼，都不轻易松口，虽然颈子上系着绳子，还是要往肚里吞，不过都卡在了喉咙里。如果水猫子吞了鱼，打鱼人使劲踩它尾巴，它会痛得张嘴吐出鱼来。水老鸦吞了鱼，打鱼人把它倒提起来，用力甩，直到鱼掉出来为止。水老鸦颈子系绳的时候要费事点，它颈子长，位置系上了，咬不住鱼，系下了，鱼滑到肚里。而且系紧了，它又呼吸不畅，不愿啄鱼。打鱼人一般用稻草系，有韧性，以手指能插进去的程度为佳。

水老鸦捉鱼的情景现在一些小河上偶尔可见，但水猫子几乎没有了踪影。水猫子主要生活在山溪小河的乱石中，常常夜间出来寻食。二十世纪六十年代中期，大巴山与秦岭交界的秦巴山区突然来了一些鄂西农民，多以父子、兄弟为伍，手里都拿着居住地“革委会”的证明。他们专门在嘉陵江两岸的山溪边找人户儿住下，沿溪河寻找水猫子粪便。傍晚时，就在这些河段里安放带铁钩的绳网。天黑下来，一群水猫子顺流而下，最前面领头的一只大水猫子一下子撞在网上，锋利的铁钩迅速刺入它皮肉，越挣扎越痛，凄惨鸣叫。其余水猫子慌忙逃命而散。半个时辰，这只水猫子血尽，溺水而亡。这时，躲在暗处的鄂西人便下河收网、获取水猫子。第二天，鄂西人剥水猫子皮，不破开，像脱紧身裤一样剐下来，成一个皮筒，插入一块木板把皮绷直，吊在屋檐下晾干。接下来几天，鄂西人把一段河上的大水猫子都捕得差不多了，只是小水猫子上钩了才停手。然后收拾工具，朝下一个河段走去。有的鄂西人找到水猫子的窝穴，外布绳网，用烟火把它们熏出来擒获。

沈从文先生的散文《一个戴水獭皮帽子的朋友》里写道："他的头上，戴的是一顶价值四十八元的水獭皮帽子，这顶帽子经过沿路地方时，却很能引起一些年青娘儿们注意的。"古籍中也有很多利用水猫子毛皮的介绍，因此一直把它作为毛皮动物大量猎杀，过去也曾一度被当成危害渔业资源的害兽被清除。二十世纪五十年代初，广东每年收购水猫子皮上万张，而三十年后的 1981 年，只有三百多张。

秦巴山一带的山民从鄂西人那里知道水猫子的价值后，也学会了捕捉方法，在各条溪河中猎杀，无论大小都不手下留情，水猫子遭到灭绝之灾。

我在开县农村修堰塘时，有个外号王日白的老头来做活路，做着做着就开始摆龙门阵。年轻时他当草药医生，专医信羊子(淋巴结肿大)，走乡串户，故事多，我也跟着听，从不制止。

有一次，他讲一个本家(同姓人)，东河的王打鱼匠，祖辈都打鱼，见天有几块钱的收入，缴了集体的留存，在二十世纪七十年代也算是殷实户儿。王日白说，王打鱼匠只养了水老鸦，下了蛋再抱儿(孵化)，越养越多。世上很多禽鸟自己不会抱儿，蛋靠日光孵化，而家禽中的鸭、鹅是由鸡母抱儿，想来，水老鸦蛋也只能放在抱鸡母的窝里。

但王日白的龙门阵却吹得大："王打鱼匠的水老鸦蛋，是人抱的儿。"

我一点不信："你真是'日白佬儿'，人怎么抱儿？"王日白急了："我亲眼看到的！狭孔(腋下)夹起抱的。"于是，他讲了抱儿的过程。王打鱼匠一般请农村佑客做这事，不但要给工钱，还包吃包住。这个佑客每天狭孔里夹着水老鸦蛋，睡瞌睡也夹着，不做其他活路。吃饭时，王打鱼匠的佑客才打一下替。大概一个月时间，就抱出了小水老鸦。

"不小心，蛋掉在地上了、夹破了，怎么办？"我很疑惑。

"用木板和布带子，把手和蛋绑起的，不会掉，也夹不烂。"王日白奓开两只手臂，学着抱儿的佑客样子，走了几步，说："她白天都是这样子站起的。"

西陵峡中 （[美]张伯林摄于 1909 年）

我很好奇，想知道真实原因，问："为啥要人抱儿嘛？抱鸡母又不是不得行？"

王日白挺认真地回答："水老鸦不是都可以捉鱼的，有的再怎么驯化，也不会捉。人抱出来的水老鸦，通人性，才好驯化。"接着，又惋惜地说："唉——王打鱼匠坐了牢！"我忙问："请人抱儿也犯法？流氓罪？"那个年代，罪不光是犯出来的，也想得出来。"不是！不是！"王日白连忙解释，"记不起是那一年了，东河涨大水，他打渡，淹死人了！"

王日白叹息道：王打鱼匠被抓起来后，佑客在家卖了房子赔安埋费，一个原来殷实的家就败了。

"本来打第二渡时，一条红鲤鱼蹦到了船头，有预兆打不得了。他看到生意好，想多打几渡，结果翻了船。"王日白补充道。

后来我在《开县志》上看到一条记录："1974 年 9 月 29 日，东河涨大水，王爷庙封渡。康家咀(嘴)王××将渔船租给既无技术，又无执照的肖××、张××打卖渡，载客 25 人，船未能到达予(预)定靠岸地点，打张溜江翻沉，死 16 人，王、肖被判刑。"

不知这个王××是不是王打鱼匠？我没问王日白。

渔坊

我平时在川江见得最多的是手舀子舀鱼。竹竿绑扎成丫形架子，网袋绑在丫口上，舀鱼人双手握住竹竿下端，站在岸边，顺流慢慢舀下去，直到双手够不着的时候再提出水面。如果网里没有收获，再来第二次。周而复始。一人操作，简便、灵活。

舀鱼时站的地方有讲究，才有收获。川江水流湍急，礁石纵横，形成很多的洄流深水凼。凼里水温较高，是川江鱼的越冬场所，也都选择在里面产卵。它们习惯从岸边的滩头逆流冲进深水凼，就是民间所说的川江鱼喜欢斗滩，舀鱼就站在滩头的岸上，人称“手舀斗滩鱼”。这滩头名坊，或背、嘴，如白鱼坊、聚鱼坊、舀鱼坊、青鱼背、鲟鱼嘴等，也有叫鱼藏石、舀鱼包的，但川江人把这些舀鱼的地方都统称为坊，说渔坊，大家都懂。渔坊的具体舀鱼点又叫漕口。

旧时，川江西陵峡一带的渔坊属私人或某一姓氏的宗族财产，每年秋冬枯水期都要进行整修，方便舀鱼。葛洲坝水利工程蓄水前，可见秭归青滩猫子石上，刻有清光绪至民国二十四个年份对北岸渔坊进行整修的文字，其中写道：“若无漕口，即不能生活，更不能完国稞矣……始建成永久衣食之基。”这个渔坊为一聂姓私产。秭归茅坪一带的渔坊则属韩姓所有。清光绪年间，韩姓嫁女到一户龚姓人家，将野背以下江段的渔坊作为嫁妆，陪嫁到了龚姓，于是，茅坪一带渔坊有了韩坊和龚坊。没有渔坊的渔民，租坊捕捞。捞到鱼后，先完官府的渔税，再交宗族的租坊费，最后剩余归己。1949 年后，所有渔坊收归集体所有，成立渔业合作社。秭归县人民政府资助，建成较大的渔坊五座、漕口一百多处。

新滩舀鱼　（[英]唐纳德·曼尼摄于二十世纪三十年代）

腊月一过，川江罾鱼旺季到来，罾鱼人纷纷下河，日伴江水，夜守孤舟，坊不离人，网不空时，俗话说“秋水涨，不下河；春水涨，不上坡。”秭归青滩有上中下三个滩头，上滩像一道门槛，把河道分成了两截，斗滩鱼成群结队冲过下滩和中滩后，很难冲过上滩，聚集在门槛下的江面长达二三十米。以前乡村用菜油、桐油或煤油点灯照明，青滩人罾的鱼多，熬了鱼油点灯，弄得满屋子都是鱼腥味。

渔坊的每个漕口只能站一个人，大家轮流罾，每人九十九网，不能罾一百网，与“白罾”谐音。等轮子的罾鱼人，可在漕口的上游下罾子，捡漏网之鱼。罾鱼人之间有默认的规矩，没到九十九网就罾到四五斤的大鱼，必须立马让位下一个，再排轮子。后来川江大鱼少了，能罾到两三斤，甚至一斤重的鱼已算幸运，也得让位。

经验丰富的罾鱼人，都识川江上的渔坊。江北县五宝镇李老头儿，识水性，会看渔坊，一年到头都在下梁沱一带罾鱼。土改时分地，他没要，执意打鱼为生。夏秋两季，他都睡在江边背风的岩嵌下，地上铺一件蓑衣防潮。到了下半夜四更天，听到崖上石板路上有人说话或走路的声响时，他就醒了，爬起来裹一根叶子烟。抽完，抄起手罾子，披起地上的蓑衣就下河。蓑衣可避天亮时的露水。最多九十九罾子，必有收获，然后马上扛起网回家。每次罾到一两斤以下的鱼，他都会放生，对鱼说：“你还太小，再长两年再来吧。”有时，李老头儿扛着手罾子，走到渔坊，

抽叶子烟 （[美]西德尼·D·甘博摄于 1917 年）

听听江水的动静，不下一网就回去了，说：今天鱼过了。也有时，他晚上正和人摆龙门阵，摆着摆着，突然说："我去去就来。"边说边抄起手舀子就直奔河边。又是不出九十九舀子，定会有鱼。还有时，他舀着舀着，突然停下了舀子。旁边的人问他为什么，李老头儿回答：给"连二石"让路。川江边的老人一听就懂，舀子里进了大家伙，手里感觉像一条砌房子地基的"连二石"那样重，人纵有千斤力也拉不出水。这时如果不及时放手，连人带网都会被拖下去。川江边每年连人带网被"连二石"拖下水的舀鱼人不少，且多是老头子。

李老头儿一生没娶，活到八十几岁。最后几年扛不动手舀子了，帮生产队照看保管室，吃五保口粮，无疾而终。

他说，我一辈子舀鱼，不该有后。

腊子鱼

川江上有一处碛坝，以前可用铁叉在水里叉鱼，得名叉鱼碛。早春的一天，在碛坝的江滩地边，我碰到一个栽苞谷秧的老头，他说：要什么铁叉，我老汉小时候直接拿菜刀就可以砍到鱼。

我童年的时候，川江汛期涨水，淹没了岸边原先的草丛，小鱼虾大概被浑水呛了，直往里钻。站在齐大腿的水中，端起篾编撮箕，朝草丛撮去，一下子提出水面，里面都会有几条活蹦乱跳的小鱼。半天下来,大大小小也有了一二十条,可以吃上一顿了。如果运气好的话，还能舀到一种叫黄股头的无鳞小鱼,熬汤,色雪白,极鲜。

川江鱼多,种类也多,我叫得出名字的有鲤鱼、鲫鱼、草鱼、鲢鱼、鳜鱼、鲴鱼、鳊鱼、鲇鱼、鮰鱼和青波、黄颡、江团、花鳅、胭脂鱼,以及一亿多年前就出现了的鲟鱼。

鲟鱼有很多种,川江上主要是白鲟和中华鲟。白鲟体长,头更长,超过了自己体长的一半,如一把剑,也像大象的长鼻子,俗称剑鱼、象鱼。白鲟在礁石缝里捕食小鱼虾时,先用长头把小鱼虾赶出来,但它嘴巴生在长头的尾端下方,食物常被跟着的鲇鱼抢吃了。因此川江上有一句谚语:“鲇鱼跟着象鱼（白鲟）走。”意思是依赖别人,跟着沾光得好处。

清末的时候,很多来川江的外国人记载,川江末端河段白鲟多,渔民大量捕捞,宜昌河街到处都在卖,价格便宜。有个英国人说,这鱼很大,几十上百斤,吃起来像牛肉一样粗糙。

1949 年,三个渔民在万州红砂碛捕获到一条大白鲟,比渔船还长,全城轰动。一些开明绅商知道后,倡议各位商会会员和船帮主,出钱买下放生。最后募得一百八十个生洋给渔民,将鲟鱼放回江里。三个渔民很想知道鲟鱼到底有多重,放生前,卸下船桅杆,与鱼一起捆绑后,抬到船上,用曹冲的办法称得一千六百多斤。很多年后,其中一个渔民神道地对儿子说:鱼大了,成了“精”,它不是鱼了,还能吃吗?

我生长在川江边，打从记事起，至今没见过白鲟。

那年我还在上小学，有一天中午上学路上，听说有人捕了一条大鱼，有几米长，在菜市街的国营东风旅馆里剖，我跑去看稀奇。坝子里围了很多人，那条大鱼就躺在地上，三个人正忙着从它的头和背上剖开。一个人稳住鱼头，一个人掌开山(斧头)，一个人用二锤一下一下地锤打。费了很大劲才剖开，满满一肚子的鱼子。因为要上学，没看完剖鱼，我就走了。

回家后听周围的大人摆龙门阵，说这鱼叫腊子鱼，足足有一千斤重，被轮船的车耳巴(螺旋桨)绞伤了才捞到的。同街一户儿姓吕的人家，认识捕腊子鱼的人，弄到一盆鱼子，煮了吃后，几个细娃儿都流鼻血。

那个剖鱼的场面至今留在我脑子里，几十年挥之不去。

川江腊子鱼是俗名，学名中华鲟，古称王鲔鱼，过去又称龙鱼、鲟鳇鱼。中华鲟体长，头呈长三角形，身上没有鳞片，皮肤黑灰色或灰黄色，腹部为乳白色，全身有五行又大又硬的骨板。它生活在近海，每年从长江口洄游到川江与金沙江交汇一带产卵，第二年再带着幼鱼顺江而下，到海里生活。公鱼长到八年左右，母鱼一般十四年后，性成熟了，便洄游到故乡产卵。正是因为这种千里寻根、对故乡怀着眷恋之情的习性，鱼类学家伍献文先生深情地给它们取名“中华鲟”。二十世纪八十年代初，葛洲坝截流后好几年，坝下面经常可以看到中华鲟的尸体，都是为了去上游产卵而撞上大坝致死的。

中华鲟产卵一带，过去每年寒露至霜降时节，有渔民用滚钩专门捕捞腊子鱼。我实在不忍心说“中华鲟”这个名字。

一副滚钩长几十米，食指粗的麻绳上，每隔二十来厘米用一截短支绳绑上一根铁钩——将筷子头粗的钢条磨尖，烧红后弯成钓鱼钩形状，但无倒刺。滚钩一头拴在岸边的大石上，另一头绑着两百斤左右的石条，中间还绑有小石块，用小划子装起，划到江心，投入江中，等着腊子鱼过路。方法就这么简单，不需要什么技术，但只有老渔民才晓得在哪里布钩，他们认得到它们往来的水路。腊子鱼过路时，滚钩深深刺入它肉里，不易滑脱，想逃掉，会越动弹越痛，只能等着就擒。当然，一般都是几百斤重的腊子鱼，也不会乖乖就范，它挣扎起来把小划子也会顶翻。渔民划着小划子跟它来回游动，慢慢消耗它体力，等游得没劲了的时候，再用绳子套住它的头、尾，拖到岸边。后来渔民在短支绳上绑两根铁钩，腊子鱼上钩率增大，挣脱的机会更少了。这种专门捕捞腊子鱼的滚钩，有些地方又称大滑钩。

我见识过滚钩的厉害。初中时，班主任老师的大儿子偷偷去江里洗澡淹死了，家里人请来打鱼船帮助捞尸体。渔民用滚钩在水里一遍一遍地拖捕，尸体打捞上来时，背被抓得稀烂。死人没有知觉，但生者看了心里更伤痛。

1972 年的时候，忠县一个四十多岁姓彭的渔民，那天和儿子一起划船出去放滚钩。一艘大客轮开过来，速度有点快，把渔船浪翻了，老彭和儿子都掉进江里。这种事过去也出现过，渔民习水性，爬起来就是。儿子很快爬了起来，可没见到老汉的影子，慌了，赶紧呼救。其他渔船赶过来，在水下找到了老彭，被几颗自己放的滚钩钩得牢牢的，已断了气。他可能是痛得没有了凫水的气力。长航局后来赔偿了两千块钱。

一个老渔民说，有一年，他一天捕捞到九条腊子鱼，大的九百多斤，小的五百多斤。年底，出席县里的捕鲟庆功会，吃到了专业厨师做的鲟鱼子宴，鲜美嫩滑。那个时候，上川江一带渔业社都有捕捞腊子鱼的生产任务，是上级下达的。一个大热天的上午，在江边的篾席棚茶馆里，听老渔民捉腊子鱼的龙门阵时，我突然一阵寒颤，想着那江面当时一定被腊子鱼的血染红了。我不再称这种方法叫捕捞，而是“捉”。

二十世纪六十年代初的一天，巴县木洞一个渔民用滚钩捉到一条腊子鱼，很大，根本弄不上岸，只好用网罩住，跟它在江里游来游去。镇上一位姓许的老先生听说后，赶到江边，花钱买下这条鱼，要求把它放了。被解网后的腊子鱼并没有马上逃生，这时，奇妙的一幕出现了：它围绕渔船慢慢游了一圈，然后一跃而起，蹦出江面二三尺高，再才迅速游走。有个老渔民说，这叫“跳滩”，是腊子鱼在感恩。

十四年后的秋天，木洞的渔民又捉到一条更大的腊子鱼，不过这条就没有那么幸运了。那天，从涪陵开来的机动船停靠码头的时候，一条千斤重的腊子鱼被车耳巴绞伤，浮出水面，几只渔船联合打捞起来。鱼肉拿到街上去卖，木洞很多人家都买了来吃。

上川江里溪渡口边的秦老汉，年轻时吃过的腊子鱼，不是滚钩“捉”的，也不是被车耳巴绞伤的。有一年冬天，叉鱼碛来了一群人治滩，有一天放炮，一声巨响之后，江面浮起一条大鱼，大得平时都没见过。放炮人把大鱼弄上岸，有人认出，是一条腊子鱼，五百多斤重，剖开后，肠子像猪大肠一样粗。那时候肉食紧缺，治滩队卖了一些鱼肉给岸上的生产队，他们派了人治滩。当时猪肉六角八分钱一斤，腊子鱼肉每斤才卖五角二分钱，秦老汉家买了几斤打牙祭。他说，那肉老得很，不好吃，又没油水，还要倒亏油来煮。语气随意、平和，好像述说一件与自己无关的事。

在江里捞水打棒（浮尸）的谭四娃儿说，以前腊子鱼多。二十世纪六十年代，云阳马粪沱的一个渔民就误捉到一条腊子鱼。他头天在沱里放了几层拦网，第二天早上去收，一条几百斤重的腊子鱼被网缠住“气”死了。渔民找来一根檩子棒，横着和鱼一起绑牢，再解开渔网，几个人帮忙才拖上岸。

“啷个要用檩子棒捆？直接拉上来嘛。”我问。

“怕它活过来跑了。”

我不明白：“你不是说死了吗？”

“是气死了。”

“气死是怎么回事？”谭四娃儿解释不清，说渔民都这么说。我猜想，可能是它想挣脱渔网，越挣越紧，筋疲力尽而晕死了。

巴县李家沱的打鱼船，有一次捉到一条腊子鱼，太重，拖不起来，用河边陶瓷厂的卷扬机才拉上岸。后来，分了一些鱼肉给帮忙的工人。

《长江鲟鱼类的研究》说，二十世纪七十年代初的四年间，四川的渔业社共捉到八百四十七条腊子鱼，有十二万多公斤。有一个渔民，连续十八年捉到三百七十九条腊子鱼，每年平均有二十一条。

1981 年的时候，重庆制作出一千多公斤鲟鱼子酱，外调北京款待外宾。也是在这年，四川开始严禁沿江各县市捕捞中华鲟、白鲟，并对渔民的捕鲟网具，按成色折价补偿。不过，这以后却很难见到它们的踪影了。

鱼钩

哭

五个月大的时候，家里人给我开荤。奶细娃儿肠胃弱，受不了太油腻的东西，奶奶熬了一碗鲫壳儿汤。这算是荤，但一点不油。

鲫壳儿就是鲫鱼，一般只能长到一拃长。熬汤前有讲究，奶奶先是用清水把鲫壳儿养在盆里，并滴几滴菜油，透去肠肚里原来吃的污浊东西。下锅前，又抓起鲫壳儿跟我亲了个嘴儿，说今后不流口水了。长大后，奶奶摆我的“老玄儿”，说：“拿鲫壳儿跟他亲嘴儿，他胆子小，吓得哇的一下子哭了起来。”

十来岁时，跟父母第一次去乡下过年，看二爸在堰塘打鱼。网里有一条活蹦乱跳的小红鲤鱼，很好看，二爸取出来给了我。我把小鲤鱼养在一只木盆里，放进几根水草，一心想把它养大。可当天夜里，小鲤鱼蹦了出来，渴死了。早晨，看着躺在地上一动不动的小鲤鱼，我泪水一下子流出来，伤心极了。

读小学时，每个假期我都去镇上的姑妈家玩。邻居四平大我半岁，我俩是好朋友。他家后院有个方石水缸，里面养了很多金鱼，黑色的鼓眼鱼、狮子头红金鱼、红白粉色相间的花鱼……我和四平伏在池边，一看就是大半天。

有一个下午，我又去他家，四平不在。突然，我脑子里念头一闪：悄悄捉几条回去。我赶忙伸手去摸，手刚入池，鱼儿一晃，全游跑了。忽上忽下、忽左忽右，一条都没捉到。咚咚咚心跳中，看见池边的小漏网，是换水时用来捞鱼的。于是拿起小漏网，毫不费力地捞到两条。姑妈放工回家，看见灶台海碗里装的金鱼，马上明白是怎么回事了，当即要我送还回去。我不情愿，也心虚，不敢。结果姑妈自己端着碗，把金鱼还回了四平家。

第二天早上，我出门去玩，四平和同街的几个小伙伴站在街沿口，嘴里不停地喊着："盗强、盗强……"我一下就听懂了，他们把"强盗"二字反起念的。顿时觉得一点脸面也没有，跑回家，躲起来哭了很久……

子

三峡库区蓄水前，入夔门，东出瞿塘峡。峡口南边，一条小溪注入川江。溪水清澈，青山倒映，人们给它取了一个秀丽的名字：黛溪。黛，青黑色的颜料，古代女子用来画眉。有点遗憾的

奉节瞿塘峡　（汪昌隆摄于 2010 年）

是，黛溪后衍为大(dài)溪、大(dà)溪。不过仍有文化人写作“黛溪”。1935年，取溪之名，这里设大溪乡至今。

长江中游新石器时代文化代表之一“大溪文化”遗址，就在大溪入江口西岸被发现。遗址的灰坑墓葬中，整条鱼被摆放在死者身体的两侧，或胸前，或嘴上、手上。考古人员在堆积层中还发现大量鱼骨，其中一个约一米见方的坑里堆了厚厚一层，不像是扔垃圾那样随意，而是可以看出摆放顺序来。

从大溪回城只有十来公里水路，我们坐一只小渔船。途中，老渔民摆龙门阵：长江中下游的鱼，骨、刺比较软，可嚼烂吃下肚里去。一进南津关，到了川江里，都变硬了。同行的两位诗人不解。老渔民顺手指了指江中，解释道：川江到处都是滩，水流得这么急，鱼喜欢斗滩，都往上冲，身子骨就变硬了，它的骨和刺当然要坚硬些哟！

我明白这个道理，并且知道，有“水中大熊猫”之称的中华鲟本来生活在近海，但每年要逆江洄游约三千公里，到达川江与金沙江交汇一带产卵。就是要经过这种长距离洄游和与川江激流的搏击，它的性腺才完全成熟，顺利产卵。

川江属古巴人活动范围。有四川学者解读“巴”就是鱼，鱼就读“巴”。至今，重庆有地方仍有读鱼为巴的习俗：鱼篓喊“巴篓”；峡江中一种长倒刺的鱼叫“倒刺鲃”。

在初中课文里读过《曹刿论战》：“一鼓作气，再而衰，三而竭。”而錞于，便是古战中鼓舞士气的一种军乐器。它用青铜铸成，圆桶形，桶顶有一个錾錾儿，穿绳子吊起来，拿棒槌敲打，声响浑厚，传播很远。川江多地出土的錞于为战国时期物品，錾錾儿铸为虎形。巴人首领廪君死后化为白虎，巴人因此尚虎。虎錾周围都铸刻着鱼、船、鸟、蛇、人面及菱形回纹图案，因不能完全解读其意，归类为“巴蜀符号”（或称“巴蜀图语”）。这些符号简单，并且十分抽象，唯独鱼图案具象刻画，头尾、嘴眼、鳞鳍俱全，非常逼真。

有学者认为，巴人善使船，善捕鱼，所以錞于上铸刻鱼和船作装饰。也有专家说，那鱼只是个衬托，船上旌旗飘然，战鼓耸立，战船无疑才是主角。鱼及其他符号的装饰性毋庸置疑，但鱼作为战船配角之说，未免牵强。从刻画位置看，鱼与战船分居虎錾的两侧，彼此间隔多个符号，互不映衬。再者，配角焉有比主角逼真、突出的理由？

川江地区出土的很多战国时期的兵器，也大都铸刻有鱼纹。甚至广东、湖南、台湾等地出土的同时代錞于和钺、戈兵器上，也都有比较写实的鱼形图案。巴蜀地区大量的汉墓中，石棺壁上凿刻鱼图案的情形也十分普遍，线刻与浮雕手法都有，一般与蛇、龙鱼、天禄等物同时出现。

明末清初时的文学家李渔，其经典著作《闲情偶寄》里有篇说“鱼”的文章，曰：“鱼之为种也，似粟千斯仓而万斯箱，皆于一腹焉寄之……”翻译其意：鱼产卵，多得像粮仓里的小米一样，都装在一肚里。

鱼，腹大多子，作为“巴蜀符号”，寓意在其繁衍生息。錞于上的鱼和兵器、石棺壁上的鱼，以及大溪墓中之鱼、鱼骨，用意不难理解，民间盼多子，战场愿兵多。

渔

李渔在《闲情偶寄·鱼》中首先说“渔”：鱼藏在水里，把水作为它的天，自以为与世无争，可以保证不受到人类兵器的伤害……其实不需要把水抽干，就有很多捕鱼的方法。

《山海经》记，猿人的臂很长，单手就可以在水中抓鱼，两只手各握一条大鱼上岸。西晋文学家潘安写过一篇游记《西征赋》，在长安昆明池看到百姓捕鱼，先布好网，再用长木棒敲击船舷，鱼惊慌而逃，窜入渔网被获。

川滇交界地区，每年春季，群鱼游到溪河浅滩产卵。当地纳西族和普米族人，用木刀砍鱼。没有木刀，就用木棒打，基本上是刀刀（棒棒）必中。民国中期，云南苦聪人妇女，钓鱼连钩都不用，渔竿上绑一根麻绳，麻绳头子直接系上蚯蚓，丢在水中。等群鱼游过来吞食时，猛地一拉，不仅钓起了鱼，而且还能准确无误地直接甩进旁边的鱼篓里。唯手熟尔。

我在乡下看过更简单的捞鱼方法。扯一把麻柳树叶，在溪沟边的石板上挼搓，绿色的叶汁流进水里，慢慢散开，不多时，一条条翻白的小鱼浮在水面，偶尔有几条又翻转过去向前挣扎着游动几下……

抗战期间，日机经常轰炸重庆市区。1941年5月9日、10日，有多颗炸弹投入了嘉陵江中，几千条鱼被炸上岸或漂浮在江中，以鲤鱼最多，最大的二十多公斤。江上船工纷纷捡捞起来，然后拿到市场上去卖，每条四元，比平时少了一半，很快卖完了。当年重庆的鱼按品种分为四个等级：鲇、鳊、江团、岩鲤与鲤鱼、青鱼为甲乙等，卖价大概比猪肉高一倍；丙等的草鱼、象鱼、腊子鱼比猪肉价稍高一点；丁等的白鲢、花鲢卖价比猪肉略低。

同事老郑讲了一件往事：1961年，他去拖轮队当钳工。那是一个饥饿的年代，为增加职工营养，队上领导安排他们组装电打鱼船。当时重庆至少有三家水上单位在弄，领导打气说："我们不搞，别人照样搞，只要职工不得水肿病，我就心安理得了。"十来天后，他们在一艘拖轮上装了一台五十千瓦的发电机组，有三根高压线抛入江中。

电打鱼船在川江上试车，那天，电闸一合上的那刻，江面上翻起无数白花花的鱼肚皮。三条木划子跟在后面，水手拼命地用舀子捞。水流太快，只好捞大的，更多的鱼虾被冲走了。以后，他们隔三岔五都能分到一些鱼。有一天，电到一条八百多斤的腊子鱼，除上交公司一部分外，每个职工分到一斤。很多年后，他才知道，腊子鱼就是中华鲟。不到一个月的时间里，重庆水上单位的几条电打鱼船，电得川江和嘉陵江沿城区几十公里水域无鱼可电了,这才罢手。

二十多年前,三峡库区还没蓄水时,冉小毛跟老汉儿在三坝溪打渡。有一天,船刚撑出去,一条三斤左右的鲢鱼蹦上船头,落在冉小毛脚边。他丢下篙竿,双手摁住鱼。正掌舵的老汉儿慌忙地叫喊道:"莫让它跑了,赶快咬一口,要咬出血来!"冉小毛不知何故,带着疑惑,按老汉儿说的,用嘴巴把鱼咬出了血。晚上,这条鲢鱼下了父子俩的肚。冉老汉儿喝着酒,边吃鱼边说:"江里的东西,无缘无故蹦上了船,不是好兆头,它是来放信的。咬一口,出了血,就破了灾。"

禁

公元前316年,张仪灭巴蜀后,与张若在成都挖土筑城,留下城东、北、西和西北几个大土坑,下雨后灌满了水,冬夏不枯竭。张仪便用这些土水坑养鱼,并取了好听的名字:千秋池、龙坝池、柳池、天井池。到了唐代,这些养鱼池都还在。土水坑中最著名的万岁池,距城十里,有八百亩之巨,池坎周围种有榆树、柳树固土。清代时,附近庙寺的方丈在池中遍种白莲,又称莲花池。这是巴蜀地区人工养鱼最早的记载。

旧时养鱼,在溪河捞取鱼苗。每年春季,群鱼在近岸产卵,附在水草上,捞草得卵,孵化鱼苗。为获取更多鱼苗,沿溪河的百姓专门绑扎草排,放在靠岸的水中。清道光年间,忠县翁家凼、桃花凼等地农民，清明节前，将柏树树枝投入川江洄流处，更容易附着鱼卵。隔几日后，再把柏树枝移到浅水凼里，鱼苗孵出，用篓子挑到各处售卖。

鱼产卵，多聚集在溪河岸边和江中石梁与洄水沱等水流平缓处，常有人趁机大捕大捞亲鱼（有繁殖能力的雄鱼或雌鱼）牟利。民国后期，重庆市场上鱼值钱，一斤相当于三十斤大米的价格，普通人家吃不起，非大宴席不备鱼。

清光绪三十年（1904），巴县正堂在木洞镇告示：

> 上自普慈岩，下至白沙沱，每年正月初至四月底，不准拖网捕鱼，违者提案审究，拿获捕胎鱼者，送交保甲局赏钱一千文。

普慈岩江中石梁，为长江珍稀鱼类聚集繁殖之地。而云阳汤溪河一个姓郭的乡绅，民国时立下乡约：凡是鱼产子期间，在汤溪河钓鱼，不罚钱，则重打板子。打板子就是打屁股。躺在板凳上，当着众人面，脱了裤子被打，又痛又受羞辱，十分长记性。这个乡约有点粗野，不过俗世俗人俗事，大可不必深究。

清代和民国时期，川江及支流溪河毒鱼的现象尤其严重，以至于各地州县正堂大人不得不在大路旁、溪河边、渡口等人流量大的地方刻石树碑，广告民众，禁止毒鱼。至今，川渝两省市泸县、合江、巴中和涪陵、万州、巴南等地江河溪流岸上，留下了十多处禁毒鱼虾的石刻告示。

在涪陵马武镇清溪沟，我见过一尊石碑，感叹它的精美和壮观。石碑总高约六米，树立于清光绪六年（1880），在一个大水潭边，面朝大路，四棱台碑座，碑身用近四米高的整块长方体青石凿制，宽与厚约一米，正面上方从右至左横刻一行小字“涪州正堂沈示”，中间均匀地竖刻“禁止毒鱼”四个楷书大字，每个字径有七十来厘米。近看，笔力雄健，雕工精细，一笔一画深凿，深至八厘米，阴刻的錾痕都整整齐齐，丝毫不乱。碑顶为歇山式，飞檐翘角，庄重而灵动。当地村民说，碑顶原立有一只雕狮，可惜已被损毁。这尊石碑被列为了涪陵区级重点文物保护单位。

余

二十世纪八十年代初，第一次看罗中立《父亲》，读出画中三个亮点：用线和布条包扎的食指、竹管圆珠笔、白瓷土碗沿边上的蓝色鱼纹。

一位饱经风霜的老农民，割谷子时食指弄破了一条小口，撕下一块布条用棉线包扎起来，伤口上包敷的说不定是门斗灰或蜘蛛网（也叫玻丝网网儿，学名壁钱幕）；晒干的谷子归仓，一筐一筐过秤，用圆珠笔记下一笔笔数码码儿，累了，也渴了，歇会儿气，端起一碗老荫茶，顺手把笔插在头帕里，就像习惯在耳朵上夹支烟一样随意（谁知这一插，备受争议）；那碗沿边上的鱼，是老农两只黑眼眶里不留意就难发现的微弱光点——谷子年年有余。

读《父亲》的年代我也读诗，但文友余胖哥写的朦胧诗我都读不懂，唯独这首四句总共十五个字的诗一直记得：

夜
水中一弯新月
鱼儿
不要忘了鱼钩

志怪

白鳝

白鳝，也叫鳗鱼、河鳗等，俗称蛇鱼。它的形状有点像蛇和黄鳝，但要粗扁得多，无鳞，背为青黄色，腹白，故而得名。因其烹食味道鲜美，在川江一带很有名气。

古人发现白鳝可治痔瘘、便血、白癜风等症，能杀体内外各种虫子。宋时，长江上一个叫瓜村的地方，有个村民的女人得了痨病（肺结核病），不仅治不好，还传染给很多人，都送了命。有人出主意，趁女人没死，装进棺材，把棺盖钉上，丢到江里流走，这种病才灭绝，不再害人。棺材漂流到金山，被一个渔民捞到。他觉得有些奇怪，拉到岸边，打开棺盖一看，里面躺着一个女人，还活着。于是，渔民把女人抱回岸上自己住的棚里。平时渔民捕了很多白鳝，吃不完，用米粉与盐腌制后放在坛子里贮存，称为鱼鲊。渔民给捡回的女人吃鳗鱼鲊，久之，痨病竟好了。后来，这女人自然成了渔民的妻子，一直健康地生活着。

住在嘉陵江的杨伯伯从不吃白鳝，也不喜欢吃鱼。他年轻时当“水木匠”，带着一个徒弟，帮人造木帆船。有一年农历六月，嘉陵江发了一场洪水后还没完全退下去，他们的船停靠在一个土坎下，上面是一大片红苕地。正值中午大太阳，杨伯伯停下活路，躲在舱里裹叶子烟抽，徒弟在船头架起鼎罐煮稀饭，一边添柴一边打蒲扇扇火。突然，船上方一道白光一闪，坎上飞下一根长条物体，啪地摔在船头。吓得徒弟一跳，定眼一看，一条黄鳝不像黄鳝、蛇不像蛇的东西，在舱里活蹦乱跳。徒弟傻眼了，问：“师父，这是啥子玩意儿？”杨伯伯连头都没抬一下，回答：“白鳝。嘉陵江的特产。”徒弟虽没见过白鳝，但听说过。于是惊喜地双手抓起白鳝，丢进水桶，又问师父这东西啷个吃。杨伯伯吧嗒着叶子烟，仍没抬头：“你不是架起鼎罐的唛？放点盐和猪油煎一下，熬汤就行了。”

白鳝肉嫩，徒弟很快做好了，喜滋滋地请师父一起享用。杨伯伯喝着稀饭，就着咸菜，吃得津津有味，对徒弟说：“不喜欢吃这玩意儿。”徒弟仍一个劲劝师父尝尝。杨伯伯有点不耐烦了：“你又不是不晓得，我连鱼都不吃。”徒弟听师父这么说，就毫不犹豫地大吃起来。

等徒弟差不多把半鼎罐白鳝肉吃完汤喝尽时，杨伯伯才慢悠悠说：“你到坡上去，看看红苕地沟沟有啥子东西没得？”川北那一带，红苕地用锄头刨出比较大的沟，和苞谷间种。徒弟跳下船，爬到坎上的红苕地里认真察看。刚走几步，就大叫起来："我的妈呀！这里有一个光胴胴的'水打棒'，肚子上还有一个洞。"说完，立即跳了下来，还没回船，就呕吐起来。川江一带称水里的浮尸为"水打棒"。

杨伯伯说，退水时，水打棒被红苕地的沟沟壁挡住了，那条白鳝就是从他肚子上的洞洞儿里跳出来的。徒弟惊得大张嘴巴，忘了呕吐："师父，您逗我玩的哟？"

杨伯伯轻描淡写地继续："在江里的时候，白鳝就钻到了水打棒肚子里吃腐烂的内脏。今天太阳大，白鳝在里面受不了，咬破水打棒肚皮蹦了出来，恰好落在船上。"

徒弟听杨伯伯这么一说，挖肠挖肚地吐起来，又是抠喉咙又是漱口。吐完之后，身体像虚脱了一样，没精打采地对杨伯伯说："师父吔，您老人家啷个不早点说哟？"杨伯伯回答："我怕扫你兴呀。"

石匠黄老头儿常在下梁沱一带岸上打石头。那一年初夏，正是发麦黄水的季节，有一天中午，他躲在背风的大石头后面煮午饭，看见捞水打棒的周缺巴向他招手。捞水打棒的小划子靠在岸边，大概又捞了一具。

黄老头儿走下去，周缺巴说："我佑客走人户儿去了，你帮我把水打棒抬到坡上去埋一下，给你两块钱。"周缺巴以捞水打棒为业，每捞埋一具，可去政府领六块钱。

黄老头儿吃了午饭，回到江边，周缺巴已用篾席裹了水打棒。他接过周缺巴递过来的野蒿，搓出汁，塞进鼻孔里，暂时闻不到尸臭味了。

他俩把水打棒抬到坡上后，周缺巴说："你转去做活路吧，这下我一个人得行了。明天我把钱给你。"

黄老头儿客气地答道："不忙不忙，你也跑不了。"正准备转身往回走，不觉中瞟了水打捧一眼，裹尸的篾席张开了，突然看到肛门洞里冒出一点小尾巴。川江上乱石多，水流湍急，水打棒原来穿的衣服都被扯烂冲掉了，光条条，一眼可见。"水打棒肚子里有白鳝。"黄老头儿高兴地叫道："周缺巴，你等到，莫忙埋，我去找把刀子来。"

不一会儿，黄老头儿回来了，手里没有刀，拿着一块打磨尖了的宽竹片。周缺巴问："这行不？"水打棒已开始腐烂，他俩七脚八手很容易就破开了肚子，里面果然有一条白鳝，足有两斤重。黄老头儿扯了几根野草绞成一根绳绳儿，穿起白鳝嘴巴，提着，一路狂奔，径直送到了国营馆子。白鳝卖了六块钱，黄老头儿分给周缺巴三块。

事隔多年，黄老头儿都没忘这事。他儿子问："老汉儿，你破水打棒的肚子就不害怕吗？"

黄老头儿平静地回答："那个时候只怕饿。"

鱼泉

川江一带为喀斯特地质构造，多洞穴，秋汛时，被山涧溪河之水淹没，因穴内水温较暖，河鱼成群结队入内过冬。第二年开春，洞外温度回升，鱼群出洞觅食并繁殖后代。这时河水还没上涨，洞口位置较高，可见鱼纷纷涌出，形成鱼泉。当然，不一定是鱼原来进去的那个洞口了，可能在下游另一个洞穴出来，地下河或称阴河连通多个洞穴。

古籍上鱼泉为“丙穴”：一座名“丙”的大山，山中有洞穴，穴中出佳鱼。洞穴之水冬暖夏凉，又源自地下深层，生长的鱼其肉嫩白、味美，便为“佳鱼”，也称“嘉鱼”。出佳鱼之穴故泛称“丙穴”。老一辈的人将丙穴、鱼泉并用，因鱼泉浅显易懂，今人只知鱼泉了。

川江沿岸鱼泉多，叫“鱼泉”的地名也多。清咸丰《开县志》说，东河上游官渡河至白马泉三十多公里的河段，有鱼泉二十多处，其中一个出鱼很多，后来鱼没有了，留下“大鱼泉”的地名。又《云阳县地名录》记载，城西鱼泉坝，早年崩山成坝时，鱼随泉出而得名。鱼涌口，岩崩后的乱石洞中鱼多，常涌出。汤溪河边鱼泉镇，早年有泉水洞，涨水时有鱼出，故名。川江更有一个鱼泉县。公元553年，安乡郡南浦县由江南深山迁至川江北岸边，此地泉穴多，内有佳鱼，居民又主要以捕鱼为生，便得此名。鱼泉县名存世十四年，千多年来几经变化，今为重庆市万州区。

川江洞穴之鱼花样百出。民国时期，城口县有鱼泉七十多处，当地民谣唱道："春雷轰，桃花开，鱼儿出泉来。"城西二十多公里处有个大鱼泉，每年春天流出细鳞、大嘴巴的鱼，鱼翅和尾巴都是红的。有人在这泉眼里钓鱼，时常遇到泉水突然涨起来，感觉里面有怪物一样，但从没看到过，很吓人。后来再没人敢去钓鱼了。又，城西几公里的半崖上有跳鱼洞，常年悬流而下，如瀑布。每年春夏秋三季，可见洞内的鱼顺流而下时，往往飞跃而起，小鱼可跳一米左右高，几斤重的大鱼能跳几米，有时又跳入了洞口。遇久晴将要下雨，或久雨将晴时，跳鱼最多。乡民在洞边支网接鱼，每次收获不少。县城里一个活了一百零一岁的朱姓老人，生前喜吃"跳鱼"，在鱼泉边置上锅灶，烧好水，等鱼直接跳进锅里煮了吃。据说他吃过县境内大大小小三十多个鱼泉之鱼。再往西去约三十公里的地方有韩家泉和老鸦泉两个鱼泉，清乾隆年间，春季常有鱼流出。清嘉庆七年（1802），当地匪乱不断，乡民躲避，不能耕种，缺衣少吃。自冬至春，两泉涌出无数的鱼，小的两三斤，大的十多斤。难民靠吃鱼活了下来。《城口县志》附录记，清同治、光绪年间，明通镇居民约定俗成，待鱼泉出鱼时，当地居民分成上中下三街，轮流取鱼，曰："鱼泉乃天物，人人有份。"城口鱼泉出鱼数量不定，少则几十几百斤，多则几千上万斤。1964 年，东安大鱼泉一次就曾出鱼一万多斤。吃不完的鱼，居民拿出去卖。二十世纪五十年代只能卖几分钱一斤，1964年每斤一角，1980年五角，1985年九角。城口属边远山区，交通不便，二十世纪七十年代有新华社记者前来采访，评价："这是汉人居住最落后的地方。"因而，鱼也卖不起价。

距彭水县东北角约五十公里的后灶河上，有一个马岸洞，洞中阴河出一种惰性的鱼，头生细密肉角，口上有吸盘，水急的时候，附在石头上，水缓便游弋觅食。乡人知其性，常持火把入洞捕捉，手到擒来，像自家喂养的一样，故称"家鱼子"。每条有三五斤不等，肉多味美。距巫山县城六十多公里的抱龙河岸，一个正正方方像宫殿一样的天然大石洞，洞内有深潭，潭里的鱼长条、细鳞，每年下春雨打春雷的时候，水涨起来，鱼直往外跳。

川江洞穴出佳鱼，也产好听的故事。巫山马渡河有个出鱼的洞穴，进去打鱼的人要先往水里丢一钱四银钱，才能打到好鱼和大鱼，否则一无所获。后来大家给洞取名"一钱四"，久而久之变成了"鱼钱子"。鱼钱子洞附近有一年来了两个端公，即会道法的男性巫师，一师一徒，法术高强。比如他们扯一把檀木树叶往水田里一撒，全变成泥鳅，因其习钻田坎而漏水，害得栽秧人捕捉到半夜。还有，他们用盘子装水，可把太阳留住，一直是黑夜，盘里水一倒，马上鸡鸣天亮。

有一天，师徒俩寻到鱼钱子洞。师父说，洞里有一条龙，我进去斗龙，斗赢了可骑龙上天。进洞前，他给徒弟三个鸡蛋，嘱咐道："这是三个'炸雷'，能降龙。龙头出来时你丢一个，龙腰出洞口再丢一个，看见了龙尾丢最后一个。然后你抓住龙尾，我带你一起上天。”师父进洞后大约半个时辰，里面刮起一阵风，随后龙头冒出来了。徒弟从没见过真龙，一看到狰狞的龙头，吓得大叫起来，情急中把三个鸡蛋一下子全扔了出去。只听得轰的一声巨响，龙头赶紧缩了回去，洞口被炸垮塌，师父和龙都没再出来。从此，鱼也没有了。

马渡河上还有一个罗连洞，说是和鱼钱子洞相通，但相距十多公里。一个叫罗连的人推船进洞打鱼，装了满满一船。出洞口时，遇见一个白胡子老头，告诉他：“这洞从今往后你不能再进去了，今天打了一船鱼，应该知足了。”洞里那么多的鱼，天大的好事，罗连怎么舍得放过，第二天仍然去了。刚进洞不久，洞口莫名其妙地垮了。洞被封，鱼没有了，渔人罗连也没有了，留下“罗连洞”名。

1992年编纂完成的《城口县志》记载，县内尚存鱼泉五十六眼，其中十一眼被阻。2000年后，总纂《城口县志》的傅华明先生著文说，城口鱼泉已是“明日黄花”，因修筑公路，阻断鱼路，几乎没有一处完整保存下来。退休干部马老头儿却另有说法：“哪是断了鱼路嘛，溪河里鱼本来就少了。”

我想起一个龙门阵来，三十多年前刚参加工作时，听一位老前辈摆的，他年轻时在城口工作。有一年，一只老虎从山上跑进县城，大家纷纷躲进屋里，连公安局也赶紧把大门关上了……县城边的任河，鱼多得不得了，不要钩，直接用麻绳拴一根蛐蟮，丢进水里就能钓起来。

龙门阵里的老虎实为金钱豹,1934 年和 1940 年跑进过城里,人豹皆惊。县志里记有此事。麻绳拴蛐蟮钓鱼的故事,不知老前辈加工没有?

反正我只有羡慕的份儿。

江水

水摸

川江云阳老县城江对岸有个张飞庙，庙脚有个铜锣渡。小学二年级时，听大一点的同学摆，古时候这里没有渡，河也没这么大，从渡口石梯子一直可以下到河底，有一座铜桥过河。

听后，我心里一直可惜这座铜桥，很值钱的，怎么不打捞起来？后来知道了张献忠沉银的故事，又可惜了一阵子。

张献忠沉银在川江支流岷江河段，距今已有三百多年。古人装银子用专门的银鞘，将一段树木剖开挖心做成，然后把银子装在里面后封好、编号。沉银年长日久，江流冲刷，一些银鞘破损，银子被冲散，偶有渔民捕网时获其一二锭。清乾隆六十年，即 1795 年，四川总督孙士毅奏请打捞江中沉银，被乾隆皇帝以“有失政体”为由，责令停止。一百年后的光绪乙未年(1895)，四川总督刘秉璋又上奏朝廷，准备在国外购买机械打捞。但此事遭朝廷监察官员参奏，说堂堂大清国，岂有在水里捞银的道理？而且还找外国人购买机械来打捞，肯定被嘲笑，有辱国家体面。这事再次作罢。

江里沉物之事经常发生。1905年4月中旬，一只木船在川江著名险滩庙基子翻沉，惊慌了当地衙门云阳县署。因船上装有八箱铜坯，是四川省铜圆局用来制造铜币的，属国家财产，涉事之地官员定当组织力量救捞。于是，县知事雇请当地有名的"梁水摸"，最终将铜坯全部打捞起岸。

梁是姓，水摸是职业，指专门潜水捞物之人。水摸兴于清代中后期。清廷规定，云南贡铜水运进京，川江沿岸各地方官员需配合押运，安全通过辖区。如船只遇险沉没，损失则由地方官员与朝廷押运官按比例分摊赔偿。因此，各地方官员会积极组织人力打捞，便出现一批以此为业的水摸。

水摸业一直传承下来。抗战初期，南京、武汉等地工厂内迁入川，运输船只常遭日机轰炸，机器沉没，事后则由水摸打捞。水摸此时已被唤作"水鬼"。他们口衔一根胶管入水，岸边有人用手动打气筒供气。同时，水鬼身上还拴了一根绳子，与岸上的人用扯、拉的方式互传消息。有一天正打捞作业之时，突遇日机轰炸，岸边的人一边打气，一边拉绳子给水鬼发信号报警。但不知什么原因，水鬼没浮出水面，只好继续打气。结果岸边的人被炸死，水鬼没人供气也被淹死了。这是过去一个老桡胡子给我摆的，说是他亲眼所见。

民国后期的一个冬天，嘉陵江上一只木船满载铜丝、乌砂，从广元开往重庆，不料在阆中乌木滩触礁沉没。这属抗战中紧缺的军需物资，交通部嘉陵江运输处阆中站征集民工全力打捞，并派出六名武装士兵督工。这次打捞不是潜水捞摸，而是另挖一条航槽，截流改道，把江水放干了直接拾拣，历时近两个月才完成。改道的航槽没经整治，行船艰险，其中方子石滩最为险恶。《阆中航运志》记载："船到此处十有八九皆触礁失事，没水之尸常浮于河面，船工畏惧，视为绝途，将方子石滩更名'血公滩'，并立碑记事。"

一百多年后，我见识了一种"水摸"。长江即将禁渔十年，我采访川江最后的渔民。那天，忠县渔民老彭开船到洋渡镇赶场买菜，要靠岸时把桡片掉进了江里。但他并不急着打捞，不慌不忙地买完菜回船，清理好渔网后，才提起绑着磁铁的绳子，在桡片落水区域一起一落地探找。

我问："桡片是木的，怎能沉入江底？木又能磁吗？"老彭回答："手把那一截是铁管做的。"果真不一会儿，他磁起了桡片。现在下川江已属库区河段，水流相当缓慢，要在过去，早已不知冲到哪儿去了。

我又随口一问："掉桡片的地方水浅，深了，恐怕不好磁哟？"老彭指着磁铁说："你看，绳子这么长，几十米深我也磁得起来。"我这才注意到，他佑客收拢后的绳子有很大一圈。

接着老彭给我摆，2008 年的一天，一个亲戚打来电话问：

“你现在打鱼的收入嘟个样？”老彭回答：“这是禁渔期，没得收入嘛。”

“那你不来磁铁？”

“‘吃铁’？铁嘟个能‘吃’？”老彭没摸着头脑，一问一答后才弄清缘由。县城上游几公里的地方在修建长江大桥，因安全和条件限制，很多钢材弃料落入江中，渔民用磁铁磁起来后卖钱。

老彭摆得津津有味：我们都是凌晨两点等他们下班后，开着渔船去河头磁铁。早晨八点，他们上班了就结束。有时铁大了，几条渔船合起来磁。六十米深的水里，我们也磁起来过。每天有二三十条渔船磁铁，有人专门开着船来收购。那场面好热闹。

这么费力，不知收入怎么样，我问他挣了多少钱。老彭不无遗憾地说：我晓得晚了，才磁八个月，找了七八万块钱。他们头一年去的，挣了一二十万。

老彭尝到了甜头，后来他停靠渔船的叉河大山溪建桥，也去磁铁了。他告诉我，那桥小，附近农民也来磁，我只找了几千块钱。

我好奇是谁想到的这个主意，问老彭，他也不晓得。

民国有一本《蜀游闻见录》，记有一事。广元河上的船，建造时全船不得使用铁钉，用南竹签钉代替。船上也不得放置任何铁器。说这河中多有吸铁石，一经吸住，船就走不动了。

不会是磁铁人中有人读了这书，想到这个法子吧？

都说江河上故事多,没想到水里的东西也多。

洗脸水

小时候,家里来了客人,不管是冬天还是夏天,姑妈都叫我打一盆洗脸水,拿出一条新毛巾,或大半新的干净毛巾,送到客人面前。这是那时最热情的迎客方式。晚上睡觉时,又是打洗脸水,又是倒洗脚水。第二天早晨,客人刚起床,一盆洗脸水便端到了跟前。

川江上一位江轮老船长,民国时,十来岁就上汽船给领江(引航员)当服务生。每次过险滩的时候,船像摇篮一样簸来簸去。水是动的,几分钟一变化,领江每次都全神贯注地指挥,紧张得很。像过青滩、庙基子这种大滩时,领江脸上的汗水大颗大颗往下滚。滩一过完,领江才松口气。这时,服务生已把一盆洗脸水端到了他面前,一块热毛巾递到了他手里。

当年带过我的老记者摆龙门阵:一个山里的农民到城里找老领导办事,被安排住在机关招待所,每天有服务员打洗脸水。第二次端来洗脸水时,服务员发现,头天刚拿出的一块香皂不见了。她并不觉得奇怪,可能是农民藏起来了,农村没这种东西,连肥皂都难买到。于是再拿出一块。可一连几天,香皂都不知去向。有一天,老领导关心地问农民:住在招待所还习惯吧?意思是问服务员怠慢他没有。农民老老实实地回答:非常好!非常好！就是每天早晨的粑粑难得吃。他居然把香皂吃了。

据说，北宋京城开封的商业相当发达，连早市都很热闹，卖早点的铺子多，百姓家不开伙，都上街去买了吃。甚至他们连洗脸水都不烧，外面铺子也有，而且是专门的铺子，或可挑担上门服务。不过洗脸水不白给，要花钱买，叫洗面汤。

这里的汤，指开水、热水，不是喝的那种。我家乡有一条川江支流叫汤溪河，源头在巫溪县海拔两千多米的团城山半崖一洞穴。年少时的一个盛夏夜晚，我在上游河里洗澡，刚入水，竟然侵骨，连手里的肥皂都没拿稳，掉入河中。我立马上岸。夏天的河水竟如此冰凉？三十年后在地名录里读到，汤溪河上游一段叫湾滩河，流入县境江口镇，接纳几条小溪后河水开始变暖，故名汤溪河。疑问这才解开。

宋朝京都是不是真的卖洗脸水，我不清楚，但重庆朝天门码头过去确实有人摆摊叫卖洗脸水。早年川江轮船叫小火轮，蒸汽机动力，燃料为煤炭，随时浓烟滚滚。有铺位的毕竟是少数有钱人，大多数旅客坐底舱散席，难免沾染黑烟粉尘，加上旅程疲惫，下船后又脏又累。码头上，小泥炉烧着一锅热水，旁边案板上摆着两三只脸盆，还有毛巾，甚至牙刷。摊主吆喝道："卖洗脸水咯——卖洗脸水咯——洗把脸，干净又舒服。"花着脸是不能去见客、办事的，洗把脸很自然，还可提神。因此催生了卖洗脸水的行当。这行当很小，也许由码头小贩兼营，行业公会里没有这帮。住在江边篾棚栈房的码头力夫，没条件又没用具洗脸，也常去光顾洗脸摊。那时候人穷,文明程度不高,共用毛巾和牙刷不奇怪。每人洗一次脸,收费一分钱。

最近看一公众号,有一个年轻人记录了他爷爷在朝天门买洗脸水的故事:爷爷八岁那年,到重庆下半城学裁缝。因为他从三岁时开始咳血,直到八十八岁去世也没说清楚到底是什么病。师傅担心死在自己家里,没多久,就给了爷爷几块银圆,打发他回老家。那个时候几块钱算是个大数目,去朝天门坐船回家的那个早上,爷爷潇洒而奢侈地在码头上买了一盆洗脸水。几十年后摆起这个龙门阵时,颇有自豪感。洗脸水还用买?我们感觉是在听天方夜谭。

重庆牛角沱“四哥面”的老板,第一次摆洗脸水的龙门阵时,我听了,也很新奇。二十世纪六十年代,牛角沱有个汽车站,专发郊区县班车,旅客多是菜园坝刚下火车的人。四哥母亲就在路边卖洗脸水,一只搪瓷脸盆里装着冷水和毛巾,有客人来了,兑一些开水瓶(保温瓶)里的热水进去。一人洗一次脸,两分钱。四哥放学后,经常提着开水瓶给母亲送热水。四哥说,直到八几年的时候,菜园坝火车站都还能看见卖洗脸水的。我有一个表叔在上面建新坡住,每天挎一个黄包包,装着毛巾、盆子,一手提一只开水瓶,上菜园坝火车站去卖洗脸水,婆娘在家烧水、送水。这不起眼的小生意养活一家人哩。

二十世纪三十年代,川江末端宜昌中水门码头有个王婆婆茶馆,茶客主要是码头力夫。他们一喝就是整一天,有活路做

青滩岸边茶馆的拉纤人 （[美]凯塞尔摄于 1946 年）

了，几只茶碗都盖上盖子，并拢放在桌子中间，表示“留坐”。做完活，回来继续喝。茶钱也不付现，在一块黑板上画“正”字记账，十天半月或一个月结一次。除此之外，茶馆每天早晨还给这些力夫准备洗脸水，不收钱。这些力夫放工后，经常捡一些上下货时撒下的粮食、煤炭、柴火，带给王婆婆茶馆。表面看，这茶馆赚不了啥钱，其实乌龟有肉在肚子里头，殷实得很。

如今洗脸方便，洗脸水不再买卖，给客人打洗脸水的习俗也消失了。

扎水

川江行船，不论木船轮船，过去民间都有“四不”行规：水大不走，水小不走，天气不好不走，夜晚不走。因此才会出现各种避险方法。

永川松溉镇下游有个大矶脑滩，滩水暴涨时，上下水轮船都得停航。1940 年 7 月，因水大，八只轮船在这里停泊了十多天。这为避险之“扎水”。大矶脑滩因此成为上川江洪水滩王。

瞿塘峡夔门前曾有一巨大礁石名滟滪堆，汛期被淹后，远看像一只鳖那么大时，夔州府都会派河差监管，不准船家冒险航行，必须扎水。唐朝乾宁年间，一个叫李峣的朝廷命官去荆州赴任，沿江而下途经此地，正遇江水暴涨。夔州太守刘昌美留他待江水退了再走。李峣因赴任有时间规定，不敢停留，执意要走。夔府大小官员到码头给他送行。

李峣的船刚离岸不远,突然遇到一个巨大漩涡,被卷入其中,瞬间沉没。站在岸边送行的官员都还没离去,眼睁睁地看着李峣一家及全船一百二十人遇难,震惊而惋惜。第二天,有人在岸边发现一位生还者,是一老年妇女,为李家的奶妈。她奇迹般被江水冲上了岸。

说是三百七十多年前,张献忠入川,攻陷夔州城后,带领兵马乘船一路上行,至万州,遇川江春汛扎水,时间长达三月。四川盆地老百姓由此晚遭殃一段时间。

1926 年 6 月初,刚成立不久的民生公司之经理卢作孚,从重庆出发,高高兴兴去宜昌接第一艘轮船“民生”号。等到下旬,民生轮才从上海抵达宜昌。这个时候江水大涨,宜昌海关理船厅“因船太小”,不放行。民生轮便在宜昌扎水一个多月。

卢作孚非常着急,造船的钱是借的合川县教育经费,公司股东说要见到船才肯缴纳股金。水稍退了一点后,卢作孚征求领江的意见。领江明白他的想法,顺着他的意思说:船可以开,如途中再遇到水涨,随时可扎水。民生轮通过秭归著名洪水滩泄滩时,滩水比船高,领江指挥轮船借回水之力冲上去。眼看只有一二米的距离了,突然船舵失灵,领江惊慌得没有了办法。卢作孚于慌急中直奔机舱,令轮机员赶快开倒车。这时船又幸遇一泡花水,进入激流,冲至北岸岸边得救。全船人才松了口气。

川江各渡口都画有洪水线，水拢线了也扎水，不过大家习惯叫“封渡”。自古很多渡口在岩石上或专门立碑，刻上封渡文字警示与监督。江津笋河高云渡口曾挖出一块清乾隆时期的石碑，上刻规章，其中一条为“不得大水强渡”。

但过去撑渡人和过渡人多抱侥幸心理，常冒险打渡过渡，出事非常多。民国九年(1920)，开县东河秋汛涨水，老关嘴渡口渡船载客九十人，被冲翻沉，仅一婴儿幸运获生。婴儿坐在“木轿椅儿”上随流漂浮被救。

云阳云安镇居民上万，集中居住在汤溪河两岸。1950 年 8 月的一天，义渡封渡，待渡的人多。有个桡胡子趁机打卖渡赚钱，结果船翻沉，死了五十人，桡胡子被判三年徒刑。1970 年 7 月 24 日，江津旸岩长江渡口洪水封渡。这是个副业船渡口，由当地农村生产大队管理，治保主任想挣工分，他本身又没有船员证，违章打渡，装载九人，包括自己在内八人死亡，其中有两名警察。

川江支流溪河的“齐头水”来去凶猛，有时扎水都难避险。1954 年 4 月 6 日，开县东河上游涨水，十一只运煤木船得到航管站通知，当晚停靠扎水。深夜，上游一只木船被齐头水打来，撞上最前面一只扎水船，再一只撞一只，全被洪水冲走，仅三只得救。1963 年 5 月 24 日晚，因下暴雨，东河上游又发齐头水，土龙洞至马家八公里河道上扎水的一百五十多只运煤船，被冲走一百一十多只，片板无存。同时落水的二百多名桡胡子幸好习水性，绝大多数凫水上岸，只五人失踪。

乌江洪水期一般扎水时间相当久，有时长达一两个月。船主没得收入，扯船子也就没有身钱（工钱），货老板要发扎水费，扯船子的生活有了着落。

扎水没扎心。

水流江河满

河水盛入了洗礼盆

水就更圣洁

——白朗宁夫人

一

我家住在城墙边的一个巷子里，在西头，往东走一百多米可到热闹的大街上。街口有个篾笆折搭建的卖自来水棚子，附近几条街居民吃水都来这儿挑。卖水的龙老头不知得的什么病，也不知什么时候得的，说话不利索，双手整天不停地颤抖。买水的人背地里都喊他“抖抖风”。但他手抖，并不影响卖水时开龙头。

自来水管里经常放出一种白水，大家认为是水厂把漂白粉放多了的缘故，怕吃了对身体不好。龙老头就用抖手在墙壁上写下一行看不出抖痕的粉笔字：白水是汽水，因压力大而产生。这绝对是原话，我只加了标点，几十年来一直印在我脑子里。

家乡县志记载，1964 年至 1989 年，云阳县城只有四个自来水卖水点。川江沿岸城镇依山而建，坡度大，地下水流走了，城里少水井。绝大多数人家吃水用水去江里挑。自古如此。一千多年前，诗人杜甫就曾感叹："云安沽水奴仆悲。"大意是云安（云阳旧称）挑水卖的奴仆很辛苦。

到江里挑水，回走的路全是陡坡长梯。冬春季水枯，江边露出很宽的沙滩或乱石堆，挑水的路更长，又难行。民国时期，重庆城沿江码头一带有很多"水桶栈房"，住着邻近农村来的一两万名苦力，挑水为生，供养家人。巫山县有个姓黄的穷人，民国初年逃荒到下游相邻的湖北巴东，衣食无着落，只好在县城里挑水卖，一挑就是三代人。

江边挑水有专门的码头，称水码头。临近水码头和入城必经的那些街巷，长年地面湿漉漉的，得名"水巷子"。川江沿岸城镇挑水为生的人多，成为一个独立的行当，并建起行业公会，自治自律自保。

江边挑水行当看似普通平凡，但生活在平原水乡的国画大师徐悲鸿却为之惊讶、感慨，他抗战期间来重庆避难时，以苦力在江边挑水景象为题，创作了国画《巴人汲水图》。七十二年后，画作被卖出一亿七千多万元。

我听父亲同事说，旧时，他在一个桐油商号当店员，每到大年初一清晨，一开大门，早有一个挑水工在门口候着，脸上堆满笑，高声叫喊：“送银水来了！”这时候，他就把一摞铜钱递给挑水工，老板头晚守岁时就准备好了的，比平时的水钱要高一二十倍，双方落个高兴。

新的一年就这样在希望中开始了。

二

过去川江桡胡子喜吃“合渣”，也叫菜豆腐、连渣闹儿。把泡涨的黄豆磨浆后，连汁带渣加青菜叶煮食，好吃，经济又实惠。川江码头的小饭馆则卖“豆花儿”，比合渣精细，高一个档次。磨出的豆浆去渣，加热后点卤水凝固而成，洁白如雪，吃起细嫩绵扎，蘸红油辣椒调料，是经典和绝配的下饭菜。至今，川江一带很多大小饭馆拿它做招牌——某某豆花饭。

小饭馆的豆花儿一直用原汁窖水泡起，食客随来随舀，称之“活水豆花儿”。不然“醒”了，不好吃。醒，土话，川江人都懂，大概意思是凝固的豆花散开而变了口味。原汁窖水，指豆浆点卤后分离出的汤汁。

有一次，我去木洞镇新修的河街游玩，见江边餐馆都写着“河水豆花”，便委婉地问导游小姐是这个“河”字不？她振振有词：“我们木洞不用井水和自来水，就用河水做豆花。”本意是宣传独特，知者却不以为然。

川江渔船都有一个前舱临时养鱼，舱底一定留孔眼，与江水融合。渔民叫“活水舱”，而不是“河水舱”。北方人也不会把“活”读成“河”。

导游小姐与河街那些年轻的餐馆老板也许不知道，过去川江水含泥沙重，特别是汛期，浑浊如黄汤，水质并不是很好。小时候常见大人去江边挑水，先拿明矾在桶中搅拌几下。不一会儿，泥沙沉底，水清，滗出后只挑清水回去。大人说，明矾不能多搅，不然水带涩味。

有一个江苏南通人徐心余，其父清晚期在川任职多年，他跟随在川生活工作也近二十年。父亲在任上病故，徐心余送尸骨还乡丁忧。民国三年(1914)，他又入川，任万县(现重庆市万州区)水警教练所所长。来的路上，结识了一位也在川任职的广西人李兴霸。一日船行巫峡中，李君闲谈：用三峡中的水磨墨，在纸上写字不浸。三峡水比川江其他地方的水要重一些。李君为证实话的真实性，当即装了一桶巫峡里的江水。船到奉节城，他又取江水一桶。用秤一称，两桶水竟相差四十多两。这多出的是泥沙，与墨相融后写字不浸透纸。

有史料载，古人饮用川江水，易得一种导致脖子肿大的地方性疾病，就是人的脖子上长瘿瘤，俗称瘿包。发病率尤以宋代最甚，严重到“十人九瘿”的程度，多为女性，清代晚期才逐渐减弱。秭归县是三峡瘿病多发区，大脖子之人随处可见。从下游入峡的人，看见那里的乡下劳作妇女，会发觉她们模样十分特别：

习惯头裹布帕，插上亮闪闪的银钗，背上背的是小孩，脖子上吊着一个肿包。

南宋年间，文学家范成大任四川制置使知成都府，说明白点就是四川省长兼成都市长。他乘船逆川江而上赴任，路过奉节时，随行的女仆因口渴直接喝了江水，几天后开始发烧。又过了一两天，脖子竟然肿大起来。后来到了成都，一个多月才慢慢消肿。一行人中，有十多人出现这种情况。范成大路过重庆时，看到城建在一巨大石岩上，夏天闷热如炭烤，山、水中都有毒气，而水蒸发出的气更毒。人因此容易生瘿包，女人更多。从秭归到重庆，一路都是这样。

范成大两年后回京述职，再次路过奉节时才得知，夔州（府治奉节）知州、通判都不喝江水，饮用的是山泉，来自城外十多里的山上。

川江山水有毒的情形，七百年后也没彻底改变。1876 年，日本汉学家竹添进一郎游历四川时，写有《重庆府》一诗，曰："盘石擎城耸半空，大江来抱气濛濛。山风带热水含毒，身在蛮烟瘴雨中。"

明朝时，重庆城出了一件至今没再遇的怪事，具体时间都清清楚楚。弘治十四年（1501）五月二日半夜，突然像是天要亮了一样，城外明晃晃的。肯定不是月亮，光是从下往天空映衬的，也不可能是灯光、火光，能量没这么大。古时夜晚要关闭城门，老百姓出不去，纷纷登上城墙观望，才知为江水发光映照所致。第二天早上，人们发现江水白如豆浆，不敢饮用。三天后江水才变清。

上游的叙州府（今宜宾）派人查找豆浆水源头，搜寻到沐川一带，因崇山峻岭和原始森林阻隔，再不能前行。当地老人说，从没出现过这种情况。豆浆水原因终究不知。

1982 年 7 月，云阳老城东边鸡扒子发生大滑坡，肉联厂被冲进江里。灾后重建，拟选址城上游风包岭。县环保办不同意，说排污影响城市供水。筹建组长吩咐我写报告，辩解理由很多，印象最深的一条是“长江自净能力强”。当时想，“自净”是不是快速流走的意思？

三

有古籍记载，川江水可治病，不知真假，但所涉人物真实。北宋政治家、思想家王安石老年后患有痰火症，太医院先生说，用三峡的中峡水泡阳羡茶，服后可除病根。中峡即巫峡，阳羡为江苏宜兴古称。王安石已老，子女不在身边，便请苏东坡代为帮忙，说：你是四川人，常有亲戚朋友从家乡来，请帮我带一缸巫峡水当药引吧。没多久，苏东坡亲自领人抬着一瓦缸峡江水，送到王安石府上。

王安石让人把瓦缸抬进书房，亲手打开封口纸，让书童用专门烧水的银铫子装去烹煮。然后，他又拿出一只定窑烧制的白瓷碗,放进一勺阳羡茶,候着。峡江水烧至蟹眼程度,即像螃蟹在水中鼓气泡一样,水温为七八十摄氏度左右,王安石赶紧倾入碗中。过了好长一会儿,才泡出茶色来。

王安石疑惑道:“水是从哪里取的?”

“巫峡呀。”苏东坡答。

王安石又问:“是中峡的?”

“正是。”苏东坡回答得肯定。

王安石笑道:“戏弄老夫了不是?这是下峡水。”

苏东坡大惊,只好如实相告。原来他一路只顾着欣赏三峡风光,还构思拟作《三峡赋》,船至下峡西陵峡时,才突然想起王安石所托取水之事,连忙让船主掉头回去。船主为难,说:自古峡江滩险水急,回去又是逆流,十分艰难。三峡相连,下峡水也是中峡流来的,有什么不同?

苏东坡想想有道理。于是,取了一缸下峡水。他怎么都没想到会被王安石看出来,非常不解,讨教道:“老师是怎么得知的?”

王安石胸有成竹地道来:《水经补注》上说,上峡水性太急,下峡太缓,唯中峡水性不急不缓。用三峡水泡阳羡茶,上峡的味浓,下峡味淡,中峡水浓淡相宜。今天这水,泡了很长时间才有茶色,当然是下峡水了。

苏东坡听后羞愧难当,赶忙起身,对着王安石作揖道歉。

四

夔州官吏饮用的山泉，系从山上引入城内，称之“笕水”：砍下一根根竹竿，捅破中间的节疤隔，头尾相插，一根连接一根，水从管中流。汉代时，川江流域熬盐的卤水，也是用这种方法从盐井输送至灶房。

奉节笕水最早出现在一千八百年前的三国时期，蜀汉丞相诸葛亮驻扎在永安（奉节旧称），看到城内无泉井，便组织人力物力，在后山开凿了一个水井，笕水入城饮用。百姓称之“义泉”。这恐怕算是川江最早的城市自来水供给工程。

笕水竹竿雨淋日晒，容易裂口，又常被山上滚下的石块击破而漏水，后人改用木槽。宋绍兴二年（1132），夔州州官张悦把引水管再改为瓦筒，敷设在地下，更不易破裂漏水了。山泉从城外尖子山和三岔溪引来，有十多里远，途中遇到沟和岩石，瓦筒不能敷设，仍用木槽。居民用水高峰时，水量不够，张悦就在城内挖三口井蓄水，人称“惠民井”。

奉节城居民吃水是比较方便了，但笕水由官兵值守，要花钱买，贫困人家只好仍去江里挑，并没减轻百姓的负担。相反，官府因此每年还多了一千多串的财政收入。

宋乾道元年（1165），奉节城又一位新知州到任——浙江温州人王十朋。他认为，以“义泉”之名引水入城，应遵循“义”字。于是，用公款维修改建笕水工程，免除了百姓的买水钱。为此，他作《义泉》诗:“官费接筒竹,民蠲沽水钱。”蠲,除去、免除之意;沽为买、卖。王十朋担心后任官员不买这个账,又诗曰:“长使义泉名不断,莫教人费一钱求。”

时光飞逝,四百年后,夔州太守张廷柏不仅继续笕水入城,还新建十口蓄水井,取名利民、文德、武功、化龙、漾翠、通济、注香、扬清、太平、留润,人皆称张公井,奉节百姓用水更阔了。但没过几年,井全被泥沙淤满而废弃。福建泉州人许宗镒继任后,派人清理其中七口蓄水井的淤泥,再从城外翟家坝、侯家湾笕水入城。为不弄脏井水,许宗镒在化龙、漾翠井上各搭了茅草棚遮盖。之后,历代奉节地方官多次维修竹笕,地方志中均有记载。

到了清末,奉节城仍有九口饮水井、八个蓄水池,井池互相连接,居民饮水、城邑消防均得其利。可民国期间,竹笕、木槽、石管和井池全部淤塞、损毁殆尽,居民仍挑江水饮用。

幼年时,我随父母第一次回乡下爷爷家过年,看见小拇指粗细的塑料管儿从后山岩上引来井水, 流进灶屋的长方形石缸。做小学民办教师的三爸告诉我,这叫笕水。石缸安置有趣,穿过土墙预留的洞口,大部分在屋里,一小半在墙外。塑料管里的水整天任其自流,缸满了,从墙外石缸沿口的一个小缺眼溢出来,流到屋檐水沟里,再流入门前的冬水田。三婶在墙外用小半石缸的水淘了红苕,洗了洋芋,最终也归入田里。

第一次听三爸说“笕水”时,年幼没当回事,后来一直不知

“笕”怎么写，认为可能是“捡”，或许只是老家的土话。“笕”不是常用字，不知三爸会写不，一直没问。现在想问也问不到了。

真是：少年不识“笕”，会写两鬓白发生。

最近两三年我在渝东北乡村体验生活，得知“人畜饮水工程”早让农户用上了自来水，但一些窎远零散户仍饮用笕水，主人乐呵呵地说：“我这水干净得很，不信你尝尝，还是甜的哩！”

五

七八岁的时候，有一次在外面玩得很野，回家时姑妈正在院子里洗衣服，地上的木盆里装着脏兮兮的肥皂、碱粉水。她把我拉过去，顺手用正洗的衣服呼呼呼地给我洗手洗脸，嗔怪道：“看你！脏得像个打油匠了。”

我的手脸被粗布衣服擦痛了，叫喊道：“这个水愣个脏。”姑妈立马回答：“脏？只有手脏水，哪有水脏手的。”

六

川江水长流，这河水很快流走了，那河水又马上涌来，江河一直满满的。

水打棒

一

川江里死了的人，大概三四天后被泡涨了，浮起来，肢体僵直，像木棒一样漂在水面，从上游冲来，土话说“水打起来的”，因此称“水打棒”。也有人喊“水大胖”，意思是被泡涨了。

每到夏天，大人都要恐吓自家的细娃儿：“莫下河去洗澡哟，谨防水打棒把你拖去了！”我姑妈更是说得有鼻子有眼：“这几天吹的河风里，我都闻到一股血腥味儿。”

然而每个夏天，真会有那么一两个细娃儿被水打棒拖走了。二十世纪七十年代末，我初中时的一个暑假里，班主任陈老师的大儿子就被水打棒拖去了。他家人当天就找打鱼的人用滚钩在江里捞，第二天才从下游几十米远的地方捞了起来。我和同学跑去看，陈老师坐在江边的沙滩上哭得昏天黑地，这时她儿子尸首的鼻孔里突然流出一丝血来。曾听大人们说，淹死的人打捞起来后，遇到亲人，鼻孔里会流血。原来真有这么回事，这诡异而神奇的传说，竟然被我亲眼所见，至今悚然。

“被淹死的人，身体虽死，但神识未离，能觉知是亲人到来，所以会流鼻血。”我忘记是谁说的这话了。

二

我们县城云阳最东边是汤溪河汇入川江的河口，称小河口，下面有一个叫三漩沱的回水沱，上游冲来的水打棒在沱里打漩儿，不容易冲走。小时候在江边玩耍时，我常看到一个人划着木划子（小木船）在那段江面来来往往。同街的波儿爷爷说：熊老匠又在捞水打棒。

下川江一带称中老年人为老匠，其实熊老匠还不到五十岁，但面目又老又黑，大家就这么叫开了。熊老匠捞了水打棒，拖到岸边后，喊三漩沱码头卖渡船票的杨老头查看，并在本子上记上时间、男或女或小孩。杨老头确认后，在记录后面盖上私章，熊老匠再和佑客抬着水打捧到荒山坡埋了，然后拿着本子去城关镇人委领钱。捞、埋一具六块，不分男女，但小孩减半。佑客是下川江一带对妻子和已婚女人的别称。

清代的时候，在川江上捞了水打棒，由水师汛防舢板的哨官验证，每具赏掩埋钱一千文，包括买棺材和立碑的钱都在里面。水打棒的墓碑上刻着编号和男女等内容，与名册上的一致，以备衙门核查。水师的汛防舢板承担现在水上公安局、海事局和防汛办的一些职责。

熊老匠一家八口人，上有老母亲，下有五个儿女，衣食无着落了才来捞水打棒。民国时期，云阳县城码头按区域和货物分设十二行帮，俗称十二棚，其中西门口有一棚专捞水打棒，熊老匠的父亲就在这棚里以捞浮尸为生，因此他才重操父业。几十年后熊老匠的儿子说，不是经常捞得到水打捧，一家人要吃饭，我老汉有时晚上悄悄打私渡挣点钱，才能糊口。

最初，熊老匠穷得连捞水打棒的小划子都没有，等江里发洪水的时候，就邀约一个叫谭四娃儿的“兄弟伙”一起捞浮财。每年从桃花汛到秋汛的几个月里，川江要发几河(几次)大水，上游什么东西都有漂来的，死猪、活牛、树木……当然也有死人、活人。

我有个乡下的远房舅舅，家住岸边吊脚木楼。1981 年川江发洪水，百年来最大，水慢慢涨起来后，因为吊脚楼的排架(骨架)是个整体，房子竟然浮起来，漂进了江里。舅舅脱掉衣服，凫水爬上房顶，想用绳子拴着房梁。突然一个流水打来，房子被卷走了，舅妈在岸上眼睁睁地看着房顶上光着身子的舅舅渐渐消失在视野中。十来天过去了，洪水也退了，没见舅舅生还，舅妈哭着给舅舅办了丧事，棺材里放着他脱下的那套衣服。

半个月后的一天夜里，舅舅突然光着身子回来了。原来舅舅不知和排架一起冲到下游什么地方，几天后搁浅在一个岸边，舅舅才游上岸脱了险。但身子光着，白天只能躲在石洞和树丛中，晚上再赶路，饿了就偷吃地里熟或没熟的庄稼，总算回了家。无意中，舅舅做了一次江上漂的活人。

谭四娃儿也住小河口，二十来岁开始跑广船，还放竹排到武汉、上海一带去卖，澡洗得好（水性好），又会弄船。熊老匠（那时还真没老）看中的就是他这两点长处。捞浮财的第一年，发头河（第一次）大水的时候，他俩就发了点小财，捞到一头水牛和三只羊。牛羊肉换了几百斤苞谷，杂碎（肠肚等内脏）被熊老匠煮了几大锅，让几个月没沾肉的一家子解馋。这年汤溪河发淘浪（齐头水），还打来一只鹅船（小河的一种船型），熊老匠在小河口捞起来，虽然烂成几块，但请水木匠改成了一只小划子，才有了求衣食的家伙。

三

江上有啥捞啥，那个时候川江和支流都放木排，属省上森林工业局的，偶尔有散落的原木顺江飘来，我们称"森工材"。沿岸有很多国营用材单位和水运企业也放排，反正都属国家财产，一般无人去捞，捞到了也枉然，要被当地国营木材公司没收。熊老匠和谭四娃儿捞到森工材后，不露声色，夜里才悄悄拖到岸边，在沙滩上挖一个浅坑掩好，然后再去找买主。

后来他俩得出经验，捞回的水打棒也先浅埋在沙坑里，等人来认尸。水打棒被泡得胀鼓鼓的,样子十分难看,家人看到后更是悲伤不已。沙可扯(吸)水分,尸体会消些胀,难看的程度就减弱了许多,同时重量也变轻了,就算没人来认领,抬到坡上去埋也方便些。

二十世纪七十年代初的一个夏天，他俩捞到一个水打棒，腰上扎着一根军用牛皮带,因尸体发胀和在水中扯挂,衣服巾巾吊吊了。从布料和剩下的一只衣兜角以及牛皮带来看,应该是穿中山装的工作同志(对国营单位或机关干部的尊称）。熊老匠判断一定会有人来认尸,立马埋在了沙坑里。果然第二天就来了人,是上游六十公里外万县的,打听到下游最近处只有熊老匠在捞水打棒,就直接来了,所以很快。

熊老匠和来人对上死者的外部特征后,刨开沙,用水把尸体冲洗干净,确定是要认领的。一般情况下,把尸体交给认领人后就完事了,但这次对方要求帮忙送到万县码头,船费和工钱照付。

尸体已经开始腐烂,异常臭。夏天,山坡上苦蒿疯长,熊老匠扯来一大把,把叶子搓出汁后塞进鼻孔,暂时闻不到了尸臭。认领人买来一桶不知名的黑色药水和一卷土白布,熊老匠和谭四娃儿一起把尸体淋上药水后,再用土白布裹好。运尸船是熊老匠那只小划子,舱里也淋遍这种药水,基本上闻不到臭气了。

天蒙蒙亮,运尸小划子出发了。除了熊老匠和谭四娃儿,还临时雇了两个帮手撑船。因为是走上水(逆流),中途在一个小镇江边歇了一晚，第二天下午才到达万县码头。

熊老匠这才得知，这具水打棒生前是万县一个国防工厂的干部，为抢救国家财产而落水身亡，算因公牺牲，办后事的所有费用实报实销。厂里招待他们在港口最好的馆子里吃喝了一顿，临走又打了二十斤白酒，让熊老匠给小划子的船舱消毒。熊老匠是个“老酒罐”，舍不得全用了，留下十斤，拿回家喝。

四

每年发洪水的时候，江上的水打棒和浮财特别多，熊老匠忙不过来才约谭四娃儿“打伙捞”。平常熊老匠一个人巡江，有时喊佑客跟着去当帮手，她也熟悉了这门衣食。长期干这行，隔着很远，熊老匠一眼能认出江面漂浮的是死猪、死狗，还是水打棒。死猪、死狗四肢向上，水打棒是平的，而男女的漂浮状也不一样，男人头重，一般面朝水下，女人因盆骨大、屁股重，则仰面朝天。谭四娃儿却说：男为阳，是天，面朝下；女为阴，是地，面朝上。男女“造人”时就是这种姿势。

据说江上有一种水打棒，在水中两手向前平伸，直立漂浮，像是走路一样。遇到这种水打棒，熊老匠绝对不会去打捞，上辈传下的规矩是：代人捞尸，不代鬼申冤。说这已不是什么尸体了，而是一种“煞”。不过熊老匠从没碰到过。

看到水打棒后，熊老匠迅速划上去，先用爪钩（安有铁钩的长竹竿)钩住,再把纤藤打个大活结,斜套住水打棒的肩和臂,然后拴在船尾拖回岸边。谭四娃儿不同,总是套水打棒的双脚,也行,反正不能套脑壳。水打棒浮在水面时已开始腐烂,脖子这地方细,容易把脑壳拉掉,成了无头尸。身子也不能套,往回拖的时候打横,阻力大。每次捞、埋了水打棒,熊老匠和佑客总是要用桐油洗手,然后在江边石缝里找一些卡着的"水湿柴",烧一堆火,跨过去才回家。桐油可消毒,火能驱邪。

有一次熊老匠捞到一具水打棒, 用小划子拖到岸边后,感觉很重,不像以往一下子就拉上了岸。仔细一看,原来水打棒身上捆着几根铁丝,用篙竿试探,身子下面绑有石块。熊老匠剪断铁丝,石块落下去,才把水打棒拉上沙滩。

这种水打棒明显属于异常死亡,熊老匠叫佑客去报案。紧接着公安局来了几个民警,询问情况,拍了照。这种水打棒一般也不会有人来认尸,熊老匠和佑客直接抬到荒坡上埋了。后来水退了几米,水打棒身上绑的石块露出来,是一块要四人抬的砌屋基的"连二石"。

清代时捞了水打棒也要报官。据巴县档案记载,光绪十三年(1887)的农历八月,有个姓李的船工具报,他在金鸡背滩下捞到五具水打棒,请监保查验,周身无伤后,才买棺材埋了。

熊老匠捞过一具女水打棒,光着身,四肢被绑在一块木板上。太奇怪了,立马报案。熊老匠心肠好,等民警拍完照走后,自己花钱扯了一段土白布,把女水打棒裹好埋了。那块绑女水打棒的木板，丢在了岸边沙滩上。

小河口下面石板沟一个单身汉，过路时看见了木板，又见四处无人，赶紧挓回家里搭床睡觉。睡到半夜的时候，屋里来了一个光身女子，说木板是她的，要挓回去。单身汉从睡梦里醒来，蒙眬中一看是光身女子，心想还有这么好的事，不如叫她“搭铺”。可再仔细一看，女子面部肿胀、狰狞，分明就是一个水打捧。单身汉吓得翻身下床，挓起木板就往外跑，丢回了江边。

第二天，女水打棒要木板的故事在石板沟传开了。有个四十来岁的佑客心想，我捡回去当柴烧，女水打棒找来也没用。这佑客平常总爱占点小便宜，这时还是有些不放心，先放在柴棚里没敢烧。一连几个晚上，女水打棒的确没来找过她，才大胆地砍了煮猪食。煮好猪食，提着一桶去喂，她刚一转身，茅草灶屋就燃了起来。火虽然很大，可燃完茅草和檩子、桷板后就熄了，一点没伤到瓦房正屋。

这个佑客一下子傻眼了，坐在地上呜呜地哭起来，边哭边骂：“你个该死的水打棒也——死了也要作孽呀——”

熊老匠后来去镇革委领捞埋钱时，碰到镇派出所相识的民警，听说女水打棒的案子破了：这女人生前“偷人”，被丈夫发现后，绑在木板上抛了江。丈夫已逮捕了，可怜两个娃儿都才几岁……

五

川江上的水打棒有落水淹死的、下河洗澡沉水的、被谋杀后抛尸江里的，当然也有跳水自杀的……而旧时的水打棒，多是淹死的桡胡子。

川江滩多水险行舟难，常有木船翻沉，每年在夔州、东湖（现宜昌）境内捞起的水打棒各有几百具之多。因此自古以来，川江上就有专门捞水打棒的人，工钱由官府造册发放。捞水打棒的小划子停靠在险滩下，船身漆成朱红色，船上的桡胡子也头裹红帕子、身穿红衣服，连吃饭的筷子都是红的，川江人称"红船"。红色醒目，压邪、壮胆。

明朝天启年间，三峡里的归州有个父母官叫周昌期，他拿出自己的俸禄，建造了两只小木船，设在吒滩，成为川江上最早的救生红船。吒滩在归州城下，由无数密集平行排列的石梁构成，波涛翻滚，漩涡密布，极其凶险。

红船不仅捞水打棒，更主要的职责是救生，遇有船只出现险情，立刻划上去搭救。红船上备有生姜和棉衣，为生还者驱寒、保暖，如果他们已身无分文，官府还会发给回家的盘缠。清代的川江，最多时有九十多只红船穿梭于险滩恶水间。红船都编有船名，三峡里大黑石滩的七只红船就分别取名：清、风、明、月、报、平、安。川江沿岸还设有官方的红船局，或由民间义善组织救生会、至善堂、拯溺堂等管理红船，并制定出各种救生船章

峡江救生红船　（[英]约翰·汤姆森摄于 1872 年）

程、救生条规，形成了一套完整的救生打捞体系。难怪一百多年前，第一个驾驶轮船在川江航行的英国商人兼探险家立德称：“红船是最忠于职守的中国官府机构。”二十世纪初，一位来自英国的女画家也赞叹：他们看上去特别帅……勇敢而值得信赖。

巴县旧档案记载，江上的木船翻沉了，没被救起的落水者，禀告官府后，由衙门发信票差役，或责成红船、过河渡船打捞，事发地点的保甲长必须协同。捞起的水打棒，没人认领的，官府出钱买口棺材，由红船的桡胡子装殓后，葬在岸边的山坡上。沿岸都有专门的坟地，也是官府花钱购买的，称“义山”。在三峡中青滩的义山坟地里，曾建有一座三层白色宝塔，并点亮招魂灯为水打棒超度，好早日投胎人世。

江北县五宝镇下梁沱的岸上，有一座名百骨亭的六层宝塔，用石头砌筑在一块龙脉穴地上，算是水打棒的造化。据说这龙脉穴地是一个“无福人”发现的。我听外公讲，看风水的阴阳先生能识龙脉穴地，但怎么都轮不到他死后埋在里面。这种人称“无福人”。他临死前叮嘱儿女：我死了，你们悄悄把我埋在下梁沱那个龙穴地里，今后都不愁吃穿。

无福人死后，他大儿子为了偷埋起来方便，先把老汉的尸体烧成灰，用瓦罐装起，伺机而动。这时正好下梁沱江边要建一座庙，离龙穴地不远，大儿子假意去当厨子，为建庙的工匠煮饭。一个无星无月的夜晚，大儿子避开他人的视线，把老汉的骨

下梁沱百骨塔 （陶灵摄于 2018 年）

灰罐偷偷埋在了龙穴地里。

这之后下梁沱一带不清静了，夜里狗不叫、鸡不打鸣，庙里的伙房地上莫名其妙地鼓了个大包，下梁沱里总是打烂船淹死人，水打棒在沱里打漩漩儿。一个过路的道士观察到种种异象，料定这里有龙穴地被“无福人”偷埋了。于是当地人在道士的引领下，敞了这个墓穴，泼上猪狗血和大粪，然后砌了百骨亭，把沱里捞起的水打棒埋在下面。下梁沱这才消停了。

六

熊老匠五十岁时生病死了。他儿子说，我估计老汉是喝酒太凶，沾水打棒的尸毒也多，才得的病。

熊老匠的佑客带着大女儿继续捞水打棒，儿子有时当帮手，他那时只有十多岁。埋水打棒的时候，姐弟俩都抬不动，熊老匠佑客喊码头的叶老头儿帮忙，每次分给他两块钱。

捞了几年，也不是个办法了。这门衣食的名声不好听，对于女人来说又很艰辛，特别是女儿家做这个，不好放人户儿（嫁人）。而且渐渐到了二十世纪八十年代初，除了夏天发洪水，偶尔捞得到一两具外，平时江面上基本见不到水打棒了。随着大女儿嫁人，儿子被招进航运社，其他儿女都还小，熊老匠佑客终于放下小划子的舵和桡，一家子从此告别了捞尸这门衣食。

我有一个朋友是川江老船长，他说：“以前在江上走船，经常看到水打棒，一般来说，我都会躲开，给它让路，不然会被螺旋桨绞成无数碎片，那样我的心也会不安。”

这是江上讨生活的人对亡灵的一种敬畏。

航录

船释

堵

一大清早，靠在麻塘湾的一只木帆船上，“烧火”一个劲地从舱里往外舀水。“头天过鼓眼碛的时候，走舱底板搁了一下，舱缝有点浸水，一晚上积到可淹脚背了。”老桡胡子冉白毛回忆起往事，说，“早年我在木船上当杂工，就叫烧火，这种事，该我做。”

川江上载重百吨的木帆船属大船，从头到尾有十来个舱，几十吨的船有舱八九个。船小，舱少。船舱从头至尾依次排列有尖子舱、走舱、桅台舱、火(太平)舱、官舱、脚(足窝)舱、燕尾(吊楼子)舱。其中，官舱和脚舱可以是多个。所有舱与舱之间均用木板相隔，川江桡胡子喊“堵”。

川江走船，难免搁、碰而浸水、漏水，但只是船体某个部位，涉及一个舱，最多两个。如果碰撞的孔眼大，马上靠岸修补。只是搁浅出现裂缝，立即用油灰填敷。桡胡子常备木质戽斗，把舱里浸漏的水舀出去，称“看舱刮槽”。冉白毛很有把握地说：“有堵，水再多，也只漏满一个舱，整条船，没得事。”

盛唐之始，长江上的木船船舱就已经有“堵”了。1973 年 6 月，在江苏如皋市白蒲镇通往长江的古河口处，发掘出一只木船，长十七米多，共九个舱，有木板隔开。考古专家断定，此船建造于公元 649 年后不久，即唐高宗的盛唐之始。有“堵”的船舱，标准名为“水密隔舱”，是中国古代造船技术的一项创造。现在全世界的轮船都建有水密隔舱。1937 年 2 月，中国航海学社刊印《川江水道与航行》，其中“轮船建造参考标准”专门提及：“隔舱板——船体内宜从横隔离，分数个，设一舱侵水，则不能侵入他舱。分隔数目，以两舱进水，船不致下沉为度。机舱与锅炉房亦宜封密隔离。”

舱多，堵多，它与左右船舷和底板紧密连接，全船整体性强，局部的硬度也增加了。船舱似人的胸腹腔，堵，如保护胸腹腔的肋骨。有堵，装货可按品种分开。同一类货物，分舱装，不挤压，又便于整理、归纳。

过去我在江边见过粪船，却没堵。近郊农村的社员进城，运粪回去当肥料，拆掉木船中间的堵，成通舱，装粪多。粪的腐蚀性大，挑完后马上清洗，通舱易于打理。小时候在汤溪河还看到平底船，也没堵，敞开的大舱，只是左右船舷口均匀地横拉着几根木枋，以增强船的整体性。这种船专门给盐厂装煤。没堵的都是短航船，在几十公里范围内走船。

川江桡胡子为什么喊“堵”，明明就是一块隔板。也许“隔”有阻隔、间隔、断绝之意，这些字眼对于走船来说不吉利。堵，其意也不是很好，但可以把水堵住，寓意也是可以。就如桡胡子不说“开船”，恐船破，称“开头”。但“开头”不是“破头”了吗？桡胡子不管头破与不破，只要不直接说船破就行。

各行各业有行话，也称黑话、暗语，不想让外人知其义。桡胡子的行话也许并不是为了保密，因从行业忌讳，担心言语是不吉之兆，说得隐晦：“打烂”说“打劈”；不能喊“船老板”，意为去水里“捞板”，喊“船主”；船“到”码头叫“扰”码头，因“到”与“倒”同音。即便是船开头时，码头上船挨船，真的要倒着才能出来，他们也不说“倒”，叫“退档”。

桡胡子因此造词多。伞，喊“撑花儿”。不然预示船撞石而散（伞），不得了。过去伞面用油纸敷做，竹篾条当骨架并刷红漆，撑开，像花开一样。多形象的词。筷子为箸，两千多年前出现时就这么叫。船不能住（箸），要反起，说“快”，又因是竹子做的，渐渐成了“筷子”。旧时，岸上的人也喊伞为“撑花儿”，而“筷子”，现在人人都这么说。

桡胡子还把“翻”说成“张面”——张开一面，“倒”说“倾”——倾盆大雨，“打水”说“扯水”——桶鋬上系绳子从井中、河里扯，“沉”说“蔫”——淹……哪个词不形象？

桡胡子会造词，造的词有趣，连岸上的人都用。

艌

"堵"与左右船舷和底板，以及所有船板之间，均用铁钉钉接。按不同部位，五寸三钉、一尺五钉、一尺一钉。底板与船舷交缝处几乎为直角，受力大，必须半寸一钉。也就是说，钉与钉相隔不到两厘米。一只船几百上千块木板，钉钉相连，俗话说"烂船还有三千钉"，拿来比喻家底殷实户儿，就是破落了，也有老底子垫着。

船钉在板缝处斜插钉入，并上下交叉，称钉"人"字缝。每颗船钉钉进船板后，要把钉头冲进板里，做到钉不外露。船钉在铁匠铺用熟铁打制，长四五寸，四棱形，也叫方船钉。航行中，船板之间张力大，方船钉受力好。除了方船钉，另有锔钉，土话喊抓钉、扒钉、蚂蟥钉，外形如"["。锔钉用在船舱内，一尺三锔，横钉板缝，使抓力。

铁钉只是连接船板，板缝不防水。古人把船板边做成凸凹状，榫卯连接。板缝两边边沿再各钻一些小孔，用细铁条穿过，箍扎三道，每道紧勒，又以木片填塞孔隙，最后注入铅液封固。这种方法烦琐、复杂，也不能完全做到密不浸水。

大概也是在唐高宗时期，造船业中出现一种塞缝技术。用竹瓤子或麻丝加油灰塞填板缝，一道灰一道麻地操作，直至密实。这叫"艌"。麻丝大家都知其物，竹瓤子从南竹上刮下，油灰由石灰与桐油拌合而成。这些材料具有很强的防水性与黏结力,特别是桐油,为中国特产,战国时代已经出现。木船造好后,船体上下里外,也擦抹几遍桐油防腐。先前钉船板缝时冲进去的钉头,同样艌上油灰防锈蚀。至今,木船仍保留和使用着这种艌缝技术。

艌缝非常考手艺,川江造船业有一句行话:“水木匠好学,难打歪歪凿。”意思是,用凿子把竹瓤子、麻丝灌进船板缝隙,凿子要左歪右拐才能填实。掌握不好凿子,缝就不密实,很可能要浸漏。艌,解释为嵌塞、填补。本可以用“捻”,堵塞之意。我以为用“艌”更恰当,舟旁,涉船。就如耕作农具加“耒”旁,一看就明白。

除了船板,建造木帆船还用木枋和圆木。木枋作船体骨架,船板依附而钉。船好比一条鱼,木枋就是这条鱼的骨刺,支撑它游动。木枋又用在左右船舷上口,包边而置,牢固。船头、插杠、桅台舱和船舵处的横木也用木枋,在上面开榫眼和凿孔洞,便于安装梢齿、桨脚与插入插杠、舵柱。

使用圆木时,从中剖为两块半圆木棒,对称地钉置在左右船舷,位于最大吃水线以上,总长与吃水线一致。大船置三至五根,船小,三根以下。支流小溪河的船需柔性,不置。老一辈桡胡子告诉我:这叫“nà”。只有读音。为什么喊“nà”?具体是哪个字?我咨询过很多老桡胡子,没得到答案。他们大多数文化低、识字少,又是口耳相传,以前根本没想到要去弄明白。但船舷为何钉置这种半圆木棒,他们的回答却十分一致:“硬肘”——像手肘那样结实、扎实。

川江各地方航运史志上，“nà”出现过多种写法：捺、纳、拿、腊。可这些字的含义都与其设置之意不吻合。唯独《重庆内河航运志》里按其外形取名，称“棱条”。二十世纪八十年代中期，川江各地纷纷组织编写航运史志，编纂人员基本上是航运系统退休职工，为本单位的“土秀才”，但对像“nà”这种大量散落民间的行话，并未进行系统收集、整理和分析、研究。这不得不算是一个遗憾，毕竟也属非物质文化遗产内容，值得保存。

有一天，我按家乡《云阳县航运志》上记录的编纂人员名单，一个个去打听，想找他们摆龙门阵，“挖”点东西。航管部门一位已退休的知情者告诉我：当初执笔和资料搜集人员都已作古。他指着书上主笔李老先生的名字补充道：这个人的儿子死了都快二十年了。

风

木帆船必有帆。但川江橈胡子不喊帆，因与“翻”同音，走船忌讳，他们叫布条，或布，或篷，有的干脆直接叫“风”。风就是力，因此扬帆叫掌力，落帆说坐力。

东汉时期，川江木船已开始利用风帆助航。当时棉布还没有出现，一般用麻布或篾席做帆。杜甫寓居夔州时有诗描述：“起樯必椎牛，挂席集众功。”大意是扬帆开船时，要杀牛祭拜。

硬布条木船 （[美]张伯林摄于 1909 年）

这里面的“挂席”指的就是“篾席帆”。明清后，布帆开始在川江普及起来。用多幅白布拼缝成一张大布幕，每隔一米多，横绑一根竹竿作骨架，既能承受强劲的风力，又便于挂在桅杆上用绳索升降。这种帆称硬风、硬布条。船小的话，一般用“软布条”，中间没有竹竿骨架，平时收裹起来，走船遇风时，才绑挂在桅杆上。直至二十世纪七十年代，因篾席价廉，仍有一些小船用其做帆。

布帆长年风吹雨淋日头晒，容易破损，便补上一块新布。小时候，川江上常见东一块、西一块，新旧不一的补疤船帆，从没在意过。现在看到这种老照片时，觉得有一种沧桑感，并格外生出惆怅的情绪来。

川江走船，逆流为上水，顺江叫下水。吹风，也跟着喊打上风、打下风。桡胡子走船虽盼顺风好扬帆，但并不是说风越大越好。遇大风，帆要落下来，甚至靠头(停船)，叫扎风。风比较大的时候，帆落下一部分，受风面积小一点，桡胡子喊此为“摇布条”。航行中，要使帆达到最佳鼓风效果，有时须调整角度，称“转角”。有意思的是，一些江段的桡胡子称之“拿风情”。听起来很文艺。

开头要看风向。唐代，川江木船的桅杆顶端装有一种可随风转动的木鸟，嘴衔长布条，可观风向，名“伺风鸟”。清代和民国时期，大多数船桅杆顶端挂一面小旗试风向。小旗又是所属船帮的标志旗。

长江中下游一带走船测风向，则在桅杆上挂一撮重约五两的鸡毛，称之“五两”。许慎《淮南子注》中曰：“綄，候风也，楚人谓之五两也。”魏晋文学家郭璞的《江赋》里有一句：“觇五两之动静。”意为仔细观察五两测得的风向。历代使用“五两”测风较广泛。唐朝诗人王维有诗句：“何处寄相思，南风吹五两。”同代散文家独孤及也有诗曰：“东风满帆来，五两如弓弦。”北宋贺铸又有句：“朝来著眼沙头认，五两竿摇风色顺。”明代仍用五两（五緉）测风，内阁首辅张四维说：“被他火箭飞来紧，我船五緉见火就着。”

川江走船，最好是顺航的徐徐清风。云阳老县城对岸半崖上曾有个张飞庙，顺江和逆流几里外，可远眺其岩壁上“江上风清”四个大字。字为光绪末年曾做过国子监学正的县人彭聚星所题，因于一个“风”的故事。

据说康熙末年，吏部尚书张鹏翮回四川老家蓬溪祭祖，坐船沿江而上。途经云阳县城时，随从提议，去南岸的庙里祭拜一下蜀汉名将张飞。尚书张大人以“相不拜将”为由婉拒。何况这天江上打上风，正好顺风而行。可船一过张飞庙，突然刮起了下风，逆流又迎风，一天才走三十里。天黑时到了一个前不挨村、后不着店，名叫三坝溪的地方，只好靠头夜宿。第二天早晨大家醒来，惊讶地发现，船竟鬼使神差地倒退三十里，停在了张飞庙脚下的铜锣渡口。尚书大人认为是船没拴牢，夜里顺流倒退了，吩咐立即启程。又遇下风，仍夜宿三坝溪。次日晨，船再次退到了铜锣渡口。尚书大人不信邪，又上行，还是逆流迎风……天亮后，船第三次停在了张飞庙脚。尚书大人顿时大惊，事不过三，连忙登岸向张飞“谢罪”。

拜毕返船，江上突然吹起一阵清风，正是上风，开头扬帆，一会儿就到了三坝溪。尚书大人诗曰：“铜锣古渡蜀江东，多谢先生赐顺风。”这诗的碑刻，至今留在张飞庙的助飞阁里。

过去川江上也有没帆的船，但只能叫木船。许多支流溪河水浅滩多，河道又曲折，呈“之”字小湾，特别是山区河谷风向乱，根本不适合用帆。走上水船时，全靠推船、拉纤。下水船主要靠流速，不时用橹和桡助力。

船有帮，行有会。川江的船为大河帮，以重庆为界，又分上河与下河各帮。拢了一地，各靠各的码头，互不越界。支流的船属小河各帮，到了江口，一般不入川江。川江的船守规矩，同样不去支流。这样，各船装的货物必须转载后才可继续航程，因此催生出一种职业：打过档。川江岸上有“打过档”的言子——把张三的货批发进来，加点价，马上打给李四——赚钱不费力。打过档有专门的木船，只在港内航行，叫“打驳船”。因运距非常短，打驳船不用风帆，甚至有些连桡都没得，全靠篆竿撑行。

从山里砍一根南竹，去掉竿巅细的部分，竿的根部箍一个铁尖。如果南竹有点弯，用火稍稍烤一下弯的地方，扳直，拿石块压伸成型。这就是川江话说的篆竿。清代早期四川方言词典《蜀语》上也解释：撑船竿曰篆竿。但现在大家书面都写成了“篙竿”,与口语不一样。

桡胡子手握黄灿灿的篙竿,箍铁尖的根部戳向水底,并朝船尾撑去。因反作用力,船缓缓前行。撑到尾了,提起水漉漉的篙竿前行几步,又往水里撑去……周而复始。

小时候听过一个谜语:“在娘家青枝绿叶, 到婆家面黄肌瘦,提不得呀提不得,一提起泪洒江河。”

谜底是:篙竿。

老桡胡子冉白毛说:“我就是一根篙竿,泪水和汗水都要洒到河里头。”

藤

我遇到过的川江老桡胡子,不论大河的、小河的,还是沟沟河的,他们一律称拉船工具为“纤藤”,从不说纤绳。大河指川江,支流是小河,小河的分汊即沟沟河。这是过去川江桡胡子约定俗成的叫法。

“绳”与“藤”,在川江木船上有很大的区别。绳,桡胡子喊缆绳、绹绳或棕绳,材料主要是棕丝,其次为麻丝与蓑草,用手工或借助工具搓绞而成。绳的质地柔韧,结实耐磨,但成本比较高,沾水后笨重。船靠头时拴桩子、升降布条和捆绑物品用绳。纤藤,着重在编,用多根篾条如麻花状编织,也叫“错编”。纤藤不吸水,沾水后很快就能沥干,不然最长者三百米,那重量可想而知。纤藤质地较硬,收拢时要绾成大圈。

纤藤之名为桡胡子口耳相传,川江各地航运史志记录的也是“纤藤”。另外还有“牵藤”之称,清初四川方言词典《蜀语》中收有类似词条“牵船篾”。南宋周密笔记《齐东野语》里除称“牵船篾”外,又叫“牵船索”。也许桡胡子口语中的“纤藤”就是“牵藤”,因为川江方言中,“纤”与“牵”读音相同,都念“qiān”。而当代各种字典里,“纤”是多音字,作为拉船工具时应读“qiàn”。唯《辞海》里,注“牵”为多音字“qiān”“qiàn”,后者释义同“纤”。

木船一般配备三根纤藤,有粗有细,都比较长,达百丈(约三百米),甚至更长,故称“百丈”。最粗的纤藤由南竹或斑竹篾条编织,称“坐藤”,重载船过激流大滩时使用;中号的用斑竹或慈竹篾条编成,称“二行”,过一般险滩时用;小号纤藤拿慈竹或水竹篾条编结,称“飞子”,空载或过缓流时用。纤藤粗细是相对的,按船只大小选用,大船的二行能当短航船的坐藤,小船的坐藤可用作短航船的二行。

湖北旧属湖广行省,出川木船因此称“打广船”,水路遥远,纤藤在岩石上摩擦得厉害,只能用一趟水(往还一次)。明代和清初,打广船在三峡里上行,纤藤不是篾条编织的,把一根根南竹破成四片或六片,用麻丝绑扎连接后拉船。南宋时,大诗人陆游任夔州通判,坐船赴任,见过竹片纤藤,在《入蜀记》中记载:“以巨竹四破为之,大如人臂。”《天工开物》里有两处记录竹片拉船的文字,说三峡沿岸皆石头,利如刀口,篾条编织的纤藤不耐磨。《蜀语》中还提到了具体尺寸:用大竹劈为一寸宽的竹片。

纤藤暴晒后容易脆断,夏天不用时要经常用水淋。新买的纤藤,使用前用烟火熏,熏得黄黄的出油。旧时,西陵峡一带河街铺子,都用石灰水浸泡着纤藤出售。而支流澎溪河的纤藤在编织前,篾条须卷成一圈一圈的,用水煮。篾条都用立冬后砍伐的当年生竹子划破、细剥而成,水煮后并浸泡过冬腊月再用,韧性好,不生虫。故称"腊篾"。

老桡胡子冉白毛告诉我,竹子不一定非要立冬后砍,有六个日子砍也不生虫。他以为我要砍竹用,说记性不好,回家翻翻历书。当天晚上,认认真真用纸条写好了给我。这六个日子是:辛未、甲戌、己卯、庚寅、壬辰、丙辰。不知奥秘何在。我接过来,连声道谢,只为冉白毛的热心。

桡胡子拉船时,纤藤不套在船头,拴在桅杆底部。船头直接受力的话,会朝岸上拉去。桅杆在船的中前部中间位置,为全船受力。纤藤的另一头也不直接套在桡胡子肩上,而是挎一个布套子连接,称褡裢。它在大河、小河、沟沟河上还有很多名字:褡布、褡背、褡帕、连肩、拉帕等。褡裢用一条白粗布做成,叫纤袋或串带,两头绾接一根两三米长的麻绳,名"八股绳"。八股绳另一头绑着一截小木棍,或是系着一块带洞的小铁块,称"钻钱"。冉白毛说,新社会铜壳子(铜圆)没得用了,我们钻个洞当钻钱用。钻钱在纤藤上打活结,拉纤时,越用力活结越紧,不会松脱。

拉纤时,一群桡胡子低头弓腰,手脚并用,倾尽全力,艰难

拉纤 （[英]唐纳德·曼尼摄于二十世纪三十年代）

前行。旁边的号子工“妖艳儿”(得意)得很,一手打撑花(伞),一手摇油纸扇,逍遥地喊着号子。突然一跃而起,落在纤藤上,像耍杂技走钢丝。如果有桡胡子“踩假水”(装样子),立马摔个四仰八叉。这一招,行话叫“踩诈”或“上诈”。

1883 年 3 月，与川江结下不解之缘的英国商人立德第一次入川,他搭乘的木船过三峡泄滩时遇到激流,船头横向江心,并向下游冲去。岸上拉纤的桡胡子被拉倒,有两个没来得及松开褡裢,被拖撞上岩石,摔在江边乱石堆上,一死一重伤。幸运的是,江面这时打起上风,船上的桡胡子迅速拉起布条,船速慢下来,奋力划到岸边,才没被冲到下游撞石而毁。罗老匠年轻时在乌江拉船,有一次船在滩口也被激流冲打横,像一匹狂奔的烈马,拖着纤藤上的几十个桡胡子冲向下游,谁都没来得及扔掉褡裢,纷纷从半崖的纤道被拖下来,摔在乱石堆中。罗老匠幸好滚在一小块平地上,只觉得眼睛直往外鼓,心口十分难受,好一阵子才缓过气来。他抬头一看,同伴们有的碰得头破血流,有的脑浆迸裂,还有的被撞伤后又被拖进江里淹死了。惨叫呻吟声一片,情景惨不忍睹。船被激流冲打横的情形,在行船术语中称“打张”或“打戗”。

江中和岸边的石、礁,错乱、密布,拉纤时,纤藤很有可能被卡住,船不能前行不说,还很可能被磨断,激流会把船冲下滩去而翻沉。遇到这种紧急情况,会有专人去挪开纤藤,称之“抬挽”。清代《夔行纪程》中记载:“另有管纤者名捡挽,无论岩之陡峭、树之丛杂，扑身脱解，倾跌所不计。纤绳挂住，船即转折不定，危在呼吸。若纤断，更不待言。”说的也就是这个意思。在江中操作叫“抬水挽”，在岸上挪开被卡的纤藤为“抬旱挽”。挽，拉、牵、扭转与恢复之意。抬挽时，因拉纤没停下，要特别谨防纤藤往前梭，在岩石上勒断手指，必须抬岩石前的部分。抬挽由三桡（工种名）负责，一开始拉纤时，他就赤裸身子或身着单衣，在船前方的岩石上蹲守。一会儿又朝前跑，追赶上拉纤走远的桡胡子，再站在高处，始终留意纤藤的状况。

1898 年 2 月，那个英国商人立德已经六十岁了，终于把轮船第一次开进川江。说是轮船，其实长不过十六米多，宽不到四米，一路上遇到激流大滩，还得靠人力用纤藤拉上去。当行驶到云阳兴隆滩时，雇用三百个专门拉船的“跑滩匠”，并卸下备用燃煤和物资，才把轮船硬拉过滩。

桡胡子长年低头拉纤，抬眼看路，额头往上皱，留下深深的抬头纹，像一道道水波。冉白毛调侃道，别个都说我们额老壳上刻了“水”字，一看就晓得是拉船的。云阳与奉节两县交界处的北岸，沿江有一条长长的溜石皮（光石板）坡，江中有险滩，桡胡子拉纤爬过，连蹬脚的石皱褶、石缝都没有，常累得精疲力竭，曾有人躺在溜石皮坡上再也没起来。坡因此被喊成“拖板”，滩跟着叫成“拖板滩”。溜光的拖板上，虽然流淌过桡胡子的血和汗，但干净得没落下一点痕迹，川江上则留下这两处地名。

云阳兴隆滩 （[美]张伯林摄于 1909 年）

船志

筏排

乡村人的团年饭不能少了鱼，生产队队长派工到堰塘打了来分。堰塘大，水深，几个人忙了半天，只打到两三条。鱼被惊扰后，都跑到塘中间，更不好打了。冬腊月雨水少，开春后马上要整秧田，又不能放些水再打。大伙都眼巴巴地望着打鱼人。

这时我爷爷出主意：扎“浮子”。三爸和幺爸抬来一块大门板，又有人提来四只水桶，放在门板四角位置，用扁担做支撑，牢固绑扎在一起。然后反扣过来，抬进堰塘里。打鱼人站在门板上，用扁担划到中间，撒网打鱼。

漂于水面为“浮”。爷爷他们的打鱼工具因此叫“浮子”。

1981 年夏，川江特大洪水。我们单位屠宰场靠江边，东西没搬完，退路被淹。屠宰场桶和木板都多，我提议扎几个浮子，从水上转运。场长连声说好主意。洪水退后，单位开抗洪抢险表彰会，我被评上先进，奖品为一条床单。

上古时代，居住在川江的先民，或从落叶浮于水面得到启发，或遭遇洪水意外抓获漂木而获生，这便是最早的“航行”概念。久而久之，意识到树木在水上漂浮不沉，便试着附木渡水。经过漫长岁月的演变，先民们发现几根树木捆绑在一起，比单根浮力大、稳定性好。于是，出现一种称为“桴”的渡水工具，便是最早的“船”。史书上有“伏羲氏始乘桴”之说。

桴很小，载人与物也少。川江两岸多竹，砍来做成大桴，称筏，或竹筏。北宋《广韵》解释说：“大曰筏，小曰桴，乘之渡水。”

川江上竹筏最早的航行记录，是用于军事争战。东汉建武九年(33)，公孙述割据益州(现四川)称帝，担心光武帝派兵讨伐，便遣将率万余水师，从鱼复(现奉节)乘坐筏与舫(连体木船)，直出三峡，在宜昌虎牙与荆门两山之间的江面架浮桥，水下布木桩，断绝航道。而较为详细的一次记载是在三国末期。吴国在秭归东面兵书宝剑峡的江上设置三根横江铁链，又在江中暗置上万根铁锥。驻守上游的西晋益州刺史王濬探得情报后，命两名副将率千名士兵，从山上砍伐大量南竹，制成几十张竹筏。每张筏铺扎五层南竹，六十米见方，并连成一个整体。然后挑选数十名水性好的士兵，在江中附筏操纵。峡江水流湍急，竹筏漂速迅猛，江中的铁锥扎在竹筏上，被连根拔掉。然后士兵又点燃竹筏上饱灌麻油的数百根绳索，熔断铁链，战舰随即长驱直入。

竹筏作为民间运输工具，常在水浅的小河与沟沟河漂放，水流平缓与激流河段都无所谓。竹筏制作简单、成本低，多用南竹，去掉前端细弱部分，再刮去青皮，火烤矫直。筏头要上翘迎浪，事先也用火烤，扳翘成形。一只竹筏，长的约三十米，短的十五米左右，宽三至四米，用几十上百根南竹并排绑扎，又因此叫“竹排”。筏身两边重叠绑扎两三根南竹挡浪，筏中间搭绑竹架子，货物置放其上。筏上配有艄、桡和篙竿、纤藤等工具，上水下水都走。

采伐树木造筏，称木筏或木排，一般多叫木排。不过很少用作运输工具，本身直接就是货物。明永乐年间始建紫禁城，朱棣先后命工部尚书宋礼、监察御史顾佐等官员多次入川，督办树木伐运。支流乌江两岸原始森林生长着上百年甚至几百年的巨树，特别有一种楠木，呈浅橙黄色，纹理淡雅，雨天散发阵阵幽香，做建材几百年不腐不蛀。在山上砍伐后，剔净枝丫，按一定的规格尺寸截成木段，称“原木”。先用人力搬运至山涧小溪，等山洪暴发冲进乌江，一根根顺流漂放到川江口的涪州（现涪陵）。再收拢聚集，每八十根扎为一张木排。扎排时，原木一排横、一排竖，整齐叠放，用短木方打榫头，拿纤藤牢固捆扎。每张排雇水手十名、民工四十名，朝廷派员押运，从川江一直漂放至京杭运河，然后北上转运进京。清代，紫禁城仍大兴土木，朝廷在涪州设督木道，专办伐运。几百年来，川江上木排漂放不断。

川江流域居民世代靠山吃山，靠水吃水，每年农历三四月桃花汛的时候，借助水流漂放木排。放排是力气活，一路充满惊险，排佬个个身强体壮，又都熟悉水性。每年漂第一张排的黄道吉日，排头右手提着锋利的开山（斧头），左手虎口卡住一只大公鸡的翅膀，把鸡头平放在木排前舵桩上，砰地一开山斩下去，鸡头落下，血喷溅在舵和桩上，以祭拜各路神灵。趁黏稠的血还没凝固，沾上几片鸡毛，可一路避邪。溪河中随处可见石头，最怕遇激流撞石而散排，拿不到工钱不说，性命都难保。开排前，面对岸边的大岩石，排佬们还要点香燃烛，祭拜一番。

夜晚来临，木排停靠在平缓的河滩。排佬从岸边砍几截嫩竹筒，在竹节中间戳个小孔，灌进米和水，用竹叶和泥巴敷塞口子，放到柴火上煮。然后去河里找下饭菜。在齐腰的水中放上竹篓，压几块卵石，把油纸包着的猪血丢进去，一股殷红的血水冒出来，不一会儿，小鱼循着腥味纷纷往篓里钻。简单的办法是，搬起一块卵石，朝浅水里的石块猛砸下去，搬开，总有几条被震昏的小鱼，直接捡进竹篓里。小鱼剖肚洗净后，选一块光滑的石头，贴在上面，石头周围点燃一堆柴火。小鱼炕熟后，蘸上家里带来的自制辣椒酱，就着清香的竹筒饭，再来几口老白干，简直是一顿让人直吞口水的美味野餐。酒醉饭饱，天黑尽了，排佬在山坡地边抱一捆麦秆、稻草，铺开，倒下，一会儿鼾声四起，暂别白天的忧愁与艰险。

放排拢码头，排佬一般都步行打道回府，叫“打旱”。如果遇上熟悉的返程木船，或者好说话的船主与驾长，可搭一程便船，走到哪儿算哪儿。搭便船不能空闲，一路上要帮着撑船、拉纤。小河放排，只到入江口，打旱的路程相对近些，几天，最多十天半月就到家。大河漂放，木排送到川外的交货地点，回家路漫长而遥远。排佬分别从武汉、沙市、宜昌一带打回转，三峡沿岸又大都无路，须绕道鄂西走大道，要走一两个月，甚至半年。路上时常夜宿岩洞，渴了喝溪河水，饿了偷吃地里熟或没熟的庄稼。开始大家结伴一块儿走，途中因为各种变故，走着走着就散了，在路上生了病，客死异乡也无人知晓。有一首川江民谣恰如其分地再现了这种景象：

去时哟嗬嘿，转来岩洞歇，
没有铺盖睡，扯把黄荆叶，
没有枕头睡，石板都要得。

后来，川江大河的木排不再人工漂放，改用货轮拖，拖到武汉、南京、上海一带去。有一天，大河、小河、沟沟河上全没有了漂放和拖运的木排。漂放人，都植树去了。

歪屁股

乌江为川江右岸支流，峡谷连绵，通航河段平均每公里有一个滩，水急浪高。为了经受起恶浪的拍打，过去造船的时候，

乌江“歪屁股”（[美]西德尼·D·甘博摄于 1917 年）

都要把船板加厚，达五厘米以上。这是内河木船中少有的。用作船板的材质也坚硬，为柏木、红椿、枫香树种。这种船取名厚板船，一般长二十米，宽四至六米，载重二十五吨左右，上水时最多装十九吨。

厚板船不仅船板厚，而且把船头和船尾造得很翘，行船时，浪就打不进舱里。这种设计合情合理。可奇怪的是，船尾更翘，高达三米多，甚至四五米，差不多有二至三人高了。不仅如此，船尾又向右偏斜，即左边高，右边低，高差近两米。川江土话说，船尾是个“歪歪”。

1917 年时，一位美国人在涪陵乌江口拍摄了一张厚板船的照片，船正行驶中，是一张远景图，拍摄角度又为船尾，看起极不对称、平衡。有人传到网上，标注图说是“撞烂了的木船”。完全误读了。

以前乌江上的扯船子，甚至岸上的老百姓都不喊厚板船，一律叫“歪屁股”，叫得干脆。这算比较文明的，有人直接喊“歪沟子”。沟子，是屁股的粗俗之名，年岁大一点的川江人都懂。

近代职业教育创始人黄炎培先生，1936 年入川考察，见过歪屁股船后，在诗中写道：“滩恶当门君莫进，黔船曲尾峡中行。”意为：乌江汇入川江口，有险滩，航行川江的船不能进入，有一种来自贵州的歪尾船，才能在乌江航行。黄先生诗后有一段注释：乌江多滩，水急如瀑，故翘其尾，并作斜势，以避下滩时水泻入船，俗称“歪屁股”。

河流以流向确定左右岸，走船一般靠右行。只是在川江航行的木船有时例外，他们按航槽走船。航槽也叫槽口，是一代又一代川江桡胡子凭时间、靠经验，慢慢摸索出来的可行船、好行船的航路。航槽有时在左岸，也会在右岸，并且枯水与洪水期间有所改变。但乌江不同，属峡谷河流，河道相对较窄，江心湍急，岸边水流缓得多，歪屁股船上下水都靠右行。左高右低的歪屁股正好派上用场，左尾高，可挡江心的激流；右尾虽低，却临江岸，水流缓。这也许就是船尾“歪”的原理。

因水流太急，歪屁股船不用舵，设艄代舵。船头设前艄，船尾设后艄和横艄。横艄也叫小艄，辅助后艄控制航向，这也是独特之处。艄能随意出水、入水，可如桨一样划水。艄杆都长，回转臂力大，船转向快而灵活。根据水势和滩的状况，有时两艄，有时三艄一起，协力操控，才可保歪屁股船平安。后艄又称大艄，差不多与船一样长，直径三四十厘米，用坚韧的红椿木或柏木做成，有上千斤重。听乌江的老扯船子说，最重的达一吨，安装时要二三十人拖上船去。后驾长扳大艄，站在尾部横置的艄凳上，比船的梁架还要高，离船舱板约四米。艄凳也叫“天花板”，横起的长度与船宽一致，但板面很窄，只有二十来厘米。《涪陵县续修涪州志》对歪屁股船的记载如此：“水急滩险，舟用厚板，左偏其尾。掌舵立于船顶，以巨桨代舵，长几等于船。”

乌江航道多弯多峡，歪屁股船不能使用风帆，上水全靠拉纤，下水用切条当桡推进。切条有十米长，相当于大号的桡片，前舱三只,后舱一只。后舱这只就是小艄。

抗战期间,英国记者欧文路过乌江,看到歪屁股船后非常惊讶,专门绘制结构图,在《泰晤士报》上做介绍。不仅让外国人惊讶,过去因交通信息闭塞,国内的船舶专家竟然也没见过。二十世纪六十年代中期,我国一个船舶考察团出访,在英国一家博物馆里看到歪屁股船照片时,才第一次知道国内有这种船型,十分震惊。回国后,考察团成员便着手寻找歪屁股船实物。正是不言而喻的历史时期,寻找工作被耽误,最终成为遗憾。不然也许会留下歪屁股船实物及更多的资料图片。

二十世纪三十年代的一天,乌江龚滩来了一个日本学生坐船,到了贵州,船靠码头,他没急着上岸,而是把乘坐的歪屁股船仔仔细细、里里外外看了个遍,画在本子上才走。这个日本学生穿着一身黑衣服,一路上表情总是很严肃,很少说话。说了也没人能听懂。他一直在船头画图,扯船子们看不懂,弯弯曲曲的,只觉得有点像河流。六十多年后,当时的一个老扯船子还记得,日本学生是县上长官带来的,给了他五块大洋的辛苦费。在那时,五块大洋可不是一个小数目。十九世纪末至二十世纪初,很多日本人来中国内陆地区"考察",学生、教师和商人、文人、军人都有。近十年来,部分"考察者"的"考察报告"以游记形式陆续在中国出版,我书柜里就有三五本。其中一本除记有经济、物产、风俗等内容外,还涉及"兵制""海军""兵勇"等军事资料。比如说到"长江水师",书里叙述:"上自湖北荆州,下至江苏

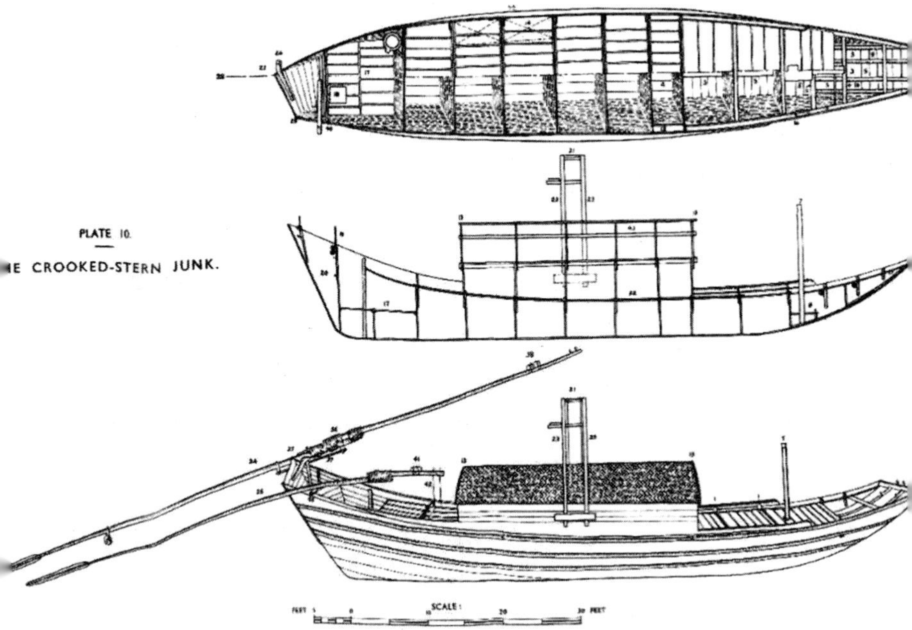

乌江“歪屁股”外形与结构 （[美]夏士德《长江之帆船与舢板》）

海门……兵数二万六千二百六十二人。大炮口径自二寸至三四寸……各种战船千五百七十二只，大炮三千六百二十八门，小铳一万五千九百廿挺。”数据精确到了个位，一般的旅行可获取吗？一位抗战史研究专家曾告诉我，当年缴获日军一些军事地图后发现，竟然要比国民政府军队的精准得多。

清代和民国时期，自贡盐经釜溪河外运，因滩险浪急，运盐船也是一种歪屁股。这种船不仅船尾是歪的，连船头也偏斜，而船头偏向左侧，船尾向右歪，像是整条船被扭拧了一下。当地人又喊“歪脑壳船”，又叫“歪屁股船”，通常情况下，称“歪脑壳船”的人多些。它比乌江歪屁股船小一点，长十四米，最宽只有两米多，船尾也拖着一条长艄，达十六米，比船身还长。釜溪河的人称“艄”为“橹”，学名就叫“橹船”。上下水橹船，因航道狭窄，水流又湍急，稍有不慎就撞上了，撞烂后堵在航道中，大家都走不了。船头歪起后，即使相撞，一般也撞不烂，可继续走。

贵州赤水河上有一种“大牯牛”船，结构坚实，船舷高，与乌江歪屁股船一样，船尾侧歪，也不用风帆，没有舵，船头船尾架艄，后驾长站在艄凳上扳艄。他们喊艄凳为蹲板。不同之处是，“大牯牛”船底为夹板，即双层，受得住河床沙石的摩擦。清代黔中文人郑珍《牯牛船歌》诗云：“猿猴滩西凶滩多，船非牯牛不敢过。”

乌江歪屁股船建造时耗料多，船体笨重，载重量又小，上水拉纤还必须换棕。一般八只歪屁股船结伴走，上滩时，所有船的扯船子合在一起，轮流把船一条条拉上滩。此为换棕，费时费力。后驾长扳大艄，站在高高单悬的天花板上操控，只有艄把可握，水急浪高，一路颠簸，重心不稳，弄不好就被摔进了江里。险情常在。随着乌江航道的不断整治和机动船的发展，歪屁股船逐渐被淘汰、改造，因用材多，一部分卖到了川外缺少木材的长江中下游。

1964 年，涪陵乌江上最后一只歪屁股船被拆解，连同它的过往一起消失了。

小火轮

幺爷爷刚踏上码头长石梯几步，就回头看了看刚坐过的轮船，像是对我，又像自言自语："这船的烟囱粗短多了。"而我并没发现它的烟囱与其他轮船有什么不同。然后确定幺爷爷是对我说："我从重庆坐船出川，过了云阳的。"

1989 年 3 月的一个早晨，幺爷爷从台湾回乡探亲，我去码头接他，陪他回乡下老家看望他大哥，也就是我亲爷爷。接下来的几天里，他断断续续给我摆了轮船烟囱的龙门阵。

幺爷爷当年属青年军，冬天走的，没穿棉袄，很冷。途中，发现顶层甲板上有一个又高又圆又细的大烟囱，虽然浓烟滚滚，不时落下煤灰尘，然而它周围十分暖和，就一直蹲在旁边。下船后几天里，鼻孔都是黑的。当时家里太穷，幺爷爷一心往外奔，只身到重庆青木关，投靠在交通站当小职员的叔房五哥。刚去没多久，时局骤变，五哥辞职，喊他一起回家。幺爷爷觉得没混出名堂来，回去不心甘，决定跟青年军出川，让五哥把自己的棉袄带回家给大哥。船过家乡云阳时，幺爷爷站在船舷栏杆边看了很久：这一走，不知什么时候能回来？又一想，既然能出去，也就能回来。

“确实能回来，只是时间隔长了一点。”我心里回答，没告诉幺爷爷。

多年后，我在搜集的川江老照片里，发现过去的轮船都立着细长的大烟囱，有的甚至是两只，格外醒目。幺爷爷回乡时轮船烟囱都是矮扁扁的，一下子就发现了不同。这烟囱对于他的记忆太深刻了。

幺爷爷坐的是蒸汽机船出川，要燃烧大量煤炭，需长烟囱扯火力、排烟尘，就像过去家里的煤炭灶一样。这种船船体又小，只一两层甲板，川江民间喊小火轮。最初称“汽船”。有一张特别清晰的老照片，一个叫唐纳德·曼尼的英国人拍摄于二十世纪三十年代。照片上，一艘名“鸿福”的两层小火轮，正在西陵峡泄滩上行。泄滩为川江三大险滩之一，需加大马力才能上去，那细长的烟囱里吐出的滚滚浓烟像一条黑龙。

川江水流急、险滩多，入川又为上水，小火轮一路都需大马力才能前行。一百多年前，英国商人立德第一次驾驶小火轮“利川”号入川，为有足够的燃煤走到重庆，拖了一只木驳船随行，

小火过泄滩 （[英]唐纳德·曼尼摄于 1926 年）

装满优质煤备用。这煤发热量大，船速快，可在半道上就用完了。“利川”号改烧川江当地煤，航速一下子慢许多。

法国军舰“奥尔里”号也是一艘小火轮，入川前，船长武尔士雇用一只木船，装运备用煤在半道等候。这些燃煤来自英国加的夫港。但出发当天，“奥尔里”在通过以险滩著称的西陵峡时，耗煤量大，存储不多了，距离备用煤船又还有两百多公里。于是，武尔士船长马上写信到宜昌，请尽快送一船燃煤上来。三天后燃煤送到，“奥尔里”补足后，留下一半给后面即将入川的小火轮。过险滩时，这英国煤发热量也达不到要求，武尔士船长决定在煤炭里混合一些润滑油助燃，效果立见，“奥尔里”顺利上滩。说是美国南北战争时期，有一天，一只商船被联邦政府的军舰追赶，燃煤用完，把装载的大量火腿扔进锅炉炉灶……武尔士船长从中受到启发。一路上，“奥尔里”补充燃煤三四次，武尔士船长用起心痛，这英国煤“贵得离谱”。听说重庆煤炭质量好，便拍电报运来几十吨，改烧重庆煤。

小火轮船小，装的客货不多，又要装备用煤，很不划算。二十世纪三十年代，民生公司便在忠县上游约二十公里处设了个加煤站，小火轮在途中补充燃煤，启程时可多装些客货了。这里原是一个无名的乡野码头，煤炭从附近方斗山开采后运来，停船加煤，人逐渐多起来，形成场镇。川江沿岸乡民过去又喊小火轮为洋船，场镇被称为洋渡。民生公司在沿岸的涪陵、忠县、云阳等地建有多个加煤站，途中补充燃煤更方便、容易。

1917年,万县海关开关,当地一些商人合起创办岷江轮船公司,在上海建造了两艘小火轮。接船回万县时,在宜昌海关验船,两艘小火轮构造不合理,稳定性差,川江水急滩险,容易侧翻。当即整改,把高烟囱截去近两米,船舱也拆掉,用帆布做了一个天棚。改毕,放行上驶,才走几公里,其中一艘小火轮的螺旋桨竟掉落一只,坠入江中,无法打捞。只得折返修配。两艘小火轮接回万县后,于1919年开行重庆至宜昌航线,业务十分兴旺。岂料第二年,一艘在涪陵蔺市搁浅,一艘在云阳庙基子滩触礁,岷江轮船公司随即瓦解。那时候川江的轮船公司大多资本薄弱,只有一两艘小火轮,哪里经受得起这种船毁损失。1936年,有一艘江津的小火轮,从重庆返程途中,突然机器失灵,轮机手当即进行抢修。忙乱中,将机油倾倒在了舱里,被锅炉炭火引燃。小火轮是木质的,船上无灭火器材,扑救方法又不得当,眼睁睁地看着船被烧毁。船家没多久也破产了。

我家那条巷子住有一个王爷爷,多数时候躺在床上,一天到晚咳咳吐吐的,说是他早年在小火轮上当生火工。不知他有什么病,反正大人叫我们不要靠拢了,谨防传染。小火轮蒸汽锅炉设在底舱,没有窗,不透光,通风效果非常不好,灰尘直往鼻孔和嘴巴里钻,酷暑天的高温更是难熬。生火工常年相伴的是孤独和烈酒,周身都有病。我又听大人们摆龙门阵:有一年,王爷爷他们的小火轮在巫峡里打滩,突然钻水沉没,其他船员没来得及逃生,都喂了鱼虾,唯独王爷爷一个人活了命。小火轮最上层甲板有个孔洞，一直通到锅炉舱，是煤炭滑道。小火轮钻水后，王爷爷从滑道孔洞钻出来，浮在江面得救。但从此，王爷爷就上岸找活路做了。

二十世纪四十年代后，川江上有了一种内燃机小轮船，柴油或汽油作燃料，机器小，马力大，都是下江（长江下游）开来的，取名“机动船”。外形没有多大改变，明显的是它烟囱不再又高又细了。

川江上一些航运公司着手试制机动船。1953年，重庆城区市民渡江需求日增月益，公用局计划自制十艘机动船做轮渡船。船体为木质的，技术难度不大，在白沙沱招雇水木匠建造。但船用内燃机要从国外购买，这在当时是个难题。技术人员建议，拆用报废公交汽车上的发动机。这些公交汽车都是民国时期遗留下来的，全是进口货，有大道奇、大依发、雪佛兰等著名品牌，还可用十年。但汽车发动机牙箱，即变速齿轮箱，操作比较复杂，船员都不会。技术人员又提出，请汽车驾驶员充当轮机手，再选有文化的青年工人跟着学习。就这样，硬是把十艘机动船造出来了。

1959年，涪陵航运公司造机动船，用一只载重量八十吨的“舵笼子”形木船，装上一台八十四马力的汽油发动机。当年秋天试航，算是一件大事，地委和县委的领导都到场祝贺。试航成功后，又召开庆功大会，表彰相关人员。两年多时间里，涪陵航运公司共改制六艘木质机动船。开初，仍保留原木船的篾席舱棚，船舵也用木杆操控。试造几艘后，有了经验，才用木板做成两层船舱，又把驾驶台从船尾移到船头，舵改用圆形操控盘。

那个时期，川江上对机动船的期盼，可用“渴望”一词来形容。犍为县一家木船社缺少机动船改造技术，1961 年的时候，用二十一只木船和一船焦炭，在重庆换回一艘木质机动船。都认为做了蚀本生意。但换回的机动船用于县内短航运输，赚的钱更多，而且还学到了技术。

国内开始生产船用内燃机后，川江新造的机动船多起来。二十世纪七十年代，云阳县航运社造了一艘钢质机动船，有两层甲板和船舱，能装两百人，船名“云航 318”。“云航”代表船属企业，“18”是企业的船舶编号，而前面的“3”，则指这艘机动船马力在三百匹以上，但不超过四百匹。当年川江上的机动船船名，普遍按这种方式命名。每天清晨，“云航 318”从县城开航，大概六小时后到达市区南门口码头；定时下午两点返航，傍晚回到县城。全程约六十公里，上水要慢一点，下水快些。一路上，停靠十来个乡镇码头和旅客集中站点。“云航 318”属短航班船，县城的人去市里办事，沿岸百姓进城买东西、走亲戚、赶场等，搭乘十分方便。千里川江上，当年沿岸几十上百个城镇，机动船是当地老百姓出行的主打船，直到二十世纪末，陆上交通发达后才逐渐停运。

二十世纪八十年代中期，文友佘胖哥在乡村小学教书，有一学期星期六下午没安排课，每到这天，吃了中午饭，走十多里山路到江边，正好赶上中途停靠的“云航318”回县城。有时连家门都不进，直奔我来。我们一边摆文学和女人的龙门阵——这是年轻时永远的话题，一边喝着廉价的老白干。困了，脸脚都不洗，与我挤在单人床上进入梦乡。第二天早晨五点，余胖哥又坐机动船回学校去。后来余胖哥调回城，在县委宣传部当干事。但每周星期六的傍晚，都要去码头接“云航318”。他站在江边沙滩上，两眼直盯船舱出口，旅客一个紧挨一个踏上趸船跳板，暮色下都肩背手提大包小包，那么远，余胖哥都会一眼认出一个清秀的女孩——仍留在他原来乡村小学的女友。偶尔两三次，跳板上一个人影都没有了，也没见到那个熟悉的清秀身影。余胖哥不死心，一直等到打扫完船舱的女服务员都下了船，才一个人没精打采地往回走。

现在时不时仍有机动船在川江上行驶，但都建造得十分精良，用于过江轮渡和一些水上单位的工作船。但码头上没有了余胖哥的身影，因为我们都已青春不再。

桡胡子

称呼

川江船工的称呼，普遍都认为是"桡夫子"。但我不以为然。

我生长在下川东江边小县城，我们那里对外公外婆有一个俗称："嘎嘎(gā gā)"，而具体呼唤时，外婆叫"小嘎嘎"，外公为"胡子嘎嘎"。"胡子"代表雄性与健壮。二十世纪八十年代中期，我陆续刊发在全国交通行业报纸的多篇文章里，用的都是"桡胡子"。1987 年 10 月，散文《汤溪桡胡子》在《散文》杂志发表，题目如此，更为明确。

有读者说，应该称呼"桡夫子"才对。下川东一带因方言发音习惯，将唇齿音 f 与舌根音 h 的字混淆不分，如夫(fū) 与胡(hú) 、发(fà)与华(huá) 、冯(féng)与洪(hóng) 等。的确如此，唯独"桡胡子"不是。"胡子"符合川江船工粗野的性格，"夫子"文绉绉的，"桡夫子"喊起来反倒斯文了。《人民日报》副刊上也

川江桡胡子 （[德]弗瑞兹·魏司摄于 1911 年）

有文章提及:“桡胡子，是川江船工的统称。古时川江人靠划‘桡’来行船,‘胡子’则是川江人对成年男子的别称。”

土话、俗语和方言在民间口耳相传,往往只有读音,大家明白其意便可,没有标准答案,因此无对错之辩。

桡胡子,或桡夫子,也都是后来的书面词。比如过去下川江一带没人喊“地主”,而是叫“富实郎”“绅粮”。家里富裕、殷实的男子为“富实郎”;民国《云阳县志》称:“俗谓袭冠带者为绅士,有田租者为粮户,统称绅粮。”袭冠带者,指习惯戴帽的人。古时有钱人家男子二十岁时要行冠礼,开始戴帽子。平民百姓不兴戴帽子,包头巾,称“帻”。许多川江老船工因此说:“桡胡(夫)子是你们取的,我们各人不兴喊。”

以前岸上的人除称呼“桡胡子”外,另外喊的花样多得很:桡拐子、船拐子、船板凳儿、船拉二、扯船子等,大多含有取乐、瞧不起之意。其实何止船工这个职业,从事体力劳动的人都被贬低。当然,他们也时时讽刺有好职业的有钱人。在嘉陵江合川一带,船工又被喊为船老板。细娃儿在江边看到拉船的经过,自唱自答:“船老板，吃的啥——鹅石板，嗨嗨；船老板，屙的啥——篾块,嗨嗨;船老板,爱的啥——妹儿,嗨嗨。”惹得船工去追赶,吓唬吓唬,他们一下子跑了,又在远处喊唱起来。船老板——有在水中“捞板”之意,忌讳,船工自己肯定不会这么喊。

事实上,川江船工有自己习惯的称谓,按工种呼唤:前驾长(撑头)、后驾长、二篙(闲缺、二补篙)、撑竿、提拖(爬梁架)、三桡(抬挽、结尾)、烧火(杂工)、号子、头纤(水划子)、桡工(纤工)、杠子(岩板)等。在川江某段、某地和不同的小河,工种有差别,呼唤不统一。船工之间除按工种互称外,或叫连手(联手)、老庚,或直呼其名字,以及小名、绰号、诨名。

阅读杜甫和陆游、范成大的诗文时,得知他们对川江船工中的二篙和前后驾长又分别称“长年”与“三老”“招头”。这已是太遥远的事了,而“湖广填四川”后,川江人的语言和习俗都发生了根本性改变。

所以我始终统称川江船工为“桡胡子”。

打屌胯

一提起桡胡子,很多人脑海里马上出现的画面是:不管寒冬酷暑,一丝不挂、全身赤裸,几乎匍匐着背负长长的纤藤,在嘿哟、嘿哟的号子声中艰难前行。因此有人著文说:桡胡子一会儿在船上,一会儿又上岸,时常涉水。衣服打湿后,做活路和行走都不便,而且冬天裹着湿衣更冷,也容易生病,他们只能常常赤裸身子。

这种情形存在,但并不是川江桡胡子的常态。

冬天的时候,汤溪河边常停靠着一两只鳅船,篾席棚中偶尔走下一个赤裸下身的桡胡子,光着的脚后跟裂开一道道血口,上身穿一件没有了扣子的破旧棉袄,用草绳系住腰,双手抱着插进怀里。腋下一边夹着裤子，一边夹着空酒瓶，瑟缩着朝小镇走来。接近小镇那坡石梯时，赶忙穿上腋下的裤子。打完酒回船，刚下完石梯，马上把裤子脱下。童年时，我在河边的吊脚楼里亲眼见过。

小河、沟沟河走船，有一种操作叫"背船"，当然不是真的把船背起来。桡胡子撑、拉着吃水浅的平底木船上行，因卵石滩多，河道弯曲，走缓流的岸边最省力。但时不时船会搁浅，要有桡胡子站在河里，推着船舷重回水道。推船没那么大劲儿时，就用背去顶，力量大得多。这就为"背船"。背船或推船，不分冬夏，桡胡子就只能光着下半身一直在河里操作。撑船的桡胡子，有时也光着下半身站到河里，把篙竿抵在船内舱壁上，顶推船走，使的劲要大些。这种光着下半身的行为，川江俗话叫"打屌胯"。老桡胡子说，严冬时，站在三尺深的水里掀船、背船，冰冷的水刺骨，下半身"木杵杵"的，没得感觉，来个漂亮的女人站在你面前，胯里也没得一点反应。一些推船、背船的桡胡子，会用羊油搽抹下半身，防皮肤皴口，不然沾水后痛得钻心。

"打屌胯"是小河、沟沟河桡胡子的情形。川江大河桡胡子的劳作方式不一样，有很大差别。川江走船，船与岸有一定距离，水深，桡胡子上岸拉纤时，船要靠头把他们送上岸。打广船和长航船，装载几十上百吨，吃水深，靠头时担心在岸边搁浅或擦刮船底，一般拖了一只小划子随行，称伍伴，专门送接拉纤的桡胡子和递纤藤头子上岸，平时也用来买炭买米。所以，川江大河桡胡子基本上是不需要涉水的。

湖北巴东县官渡口镇有个叫谭邦武的老人，被称为川江上的“活化石”，对于裸体桡胡子，他十分肯定地说：“川江上是没有的。川江水深，拉纤的桡胡子都在岸上走，基本上沾不到水。”三峡里的桡胡子没有谁不知道谭邦武，他八岁学弄船，十三岁当驾长，二十岁时已是能上重庆下武汉的老江湖了，一辈子没出过事。六十岁时他才学会开机动船，九十岁那年还动手造了一条木帆船。2014 年，谭邦武老人以一百零一岁高龄走完了人生。

当然也有例外：抬挽——拉纤时，纤藤被岸上或江中的石头卡住，会有人去挪开，不然被磨断，后果不堪设想。如果卡在了江中岩石上，立即凫水过去挪。小船抬挽由三桡兼职，大船有专职抬挽人，称水划子。一开始拉纤，他就赤裸身子或身着单衣，蹲在船前方的岩石上守候，随时开工。除了抬挽，水划子还要送纤藤头子过河湾。川江江岸有很多内湾，呈弧形或扇形状，一为山溪小河入江口，一是因江岸山势自然形成。如果拉纤沿湾走，纤藤不够长，湾内还可能有船、有大树、有物，绕不过去，最主要的是无拉纤必要，桡胡子便松解纤藤后步行走过河湾。水划子则把纤藤头子拴在身上，凫水径直过湾，送到对面湾嘴上，桡胡子继续拉纤。

巴东一带的老桡胡子又说，四川的桡胡子穿长衫，里头连窑裤儿(短内裤)都不穿。他们编了一个顺口溜：“四川人，本爱

穿长衫的桡胡子 （[美]张伯林摄于 1909 年）

假，穿长衫，打屌胯。四川佬，生得雀，穿长衫，打赤脚，腰里系根麻索索。”爱假，爱面子的意思。雀，麻雀，与之相对的是燕。取其音，本意为“艳”“妖艳”。这种川江方言转了几个弯，不是本地人，听不懂，而且还得是年岁大一点的本地人。

四川桡胡子穿的长衫叫衲坨，短的过膝，长的到脚跟。常年在江上日晒雨淋，衲坨早已由深蓝变成灰白，破了补上一块疤，一层缀一层，新新旧旧，单层的成了夹衫，轻的几斤，重的有十多斤。衲，密密缝补之意，一层一层的补疤，又厚又重，当然成坨。“衲坨”就是这么得名的。川江号子里有词喊道：“粗茶淡饭用力换，长衫裤衩疤上疤。”桡胡子把衲坨当成宝，一年四季不离身，夏天吸汗、遮阳，穿起不热；冬天抵挡寒风，穿上不冷，雨水淋不透。衲坨是桡胡子求衣禄的行头，平常的衣服上不了当铺柜台，唯有衲坨可当。

穿衲坨的四川桡胡子，确实有时需要涉水的话，把下摆往上一搂，在腋下一扎，便露出没穿窑裤儿的下身。所以成了巴东桡胡子口中“穿长衫，打屌胯”的样子。

1940 年，年轻的加拿大女硕士伊莎白（Isabel Brown Crook），在四川乡村做了两年社会调查，她在书中写道：“无论男女，川省汉人的典型装束是：下身蓝裤子，外罩一条青布长袍，头扎白巾。当农夫在田间劳作，或脚夫拉煤，或铁匠、石匠劳作时，为了干活方便，往往把袍子下摆撩起，掖到束在腰间的宽布带里。”这里说的长袍就是长衫。1933 年 7 月 15 日，鲁迅先生发表杂文《谚语》，说：“四川的营山县长于是就令公安局派队一一剪掉行人的长衣的下截。”《鲁迅全集》收入此文时注释：“当时四川军阀杨森提倡‘短衣运动’，他管辖下的营山县县长罗象翥曾发布《禁穿长衫令》……仍着长服者，立即执行剪衣……”看来“短衣运动”没推行起来，川省汉人仍喜欢着长衫。

清代和民国时期，来川江旅行的外国人很多，留下大量老照片，劳作和歇息时的桡胡子虽然衣着破旧，甚至有时不能蔽体，但赤身裸体的情况很少见。即使有，也都是在夏天，冬季一般都穿着棉衣。天热时，光着上身穿长裤或窑裤儿的桡胡子比较常见，土话叫“打光胴胴儿”。谭邦武老人一句话道出了理由：风俗和个人习惯不同。热天，有的四川桡胡子一丝不挂，湖北的桡胡子就要穿短裤，热死也要穿。

二十世纪八十年代后，镜头里又出现一些裸体的川江桡胡子，明显属于摆拍，那白嫩嫩的屁股与黑黝黝的脊背、大腿泾渭分明。还有，光条条的桡胡子如山羊般攀爬在嶙峋的山崖上，行走都困难，如何使力气拉纤？

川江老桡胡子都说，新社会不准打屌胯了。

身钱

“脚蹬石头手扒沙，躬腰驼背把船拉，每天吃的猪狗食，死了河里喂鱼虾。”这首桡胡子生活景况民谣，在川江传播广泛，有些版本的词句虽有变化，但意思相同。

桡胡子不仅生活凄惨、辛酸，相互之间也比较冷漠。有一次，一只打广船回川，途中一个桡胡子生了重病，船老板立即叫人把他抬上坡，丢下不管了。生病的桡胡子在乱石中挣扎起来，哀求道："老板吔，我还没死呀，把我装回去呀！"船老板心肠狠，其他桡胡子也没谁去搭救，也许无能为力，也许已司空见惯，麻木了。据老桡胡子摆，过去上船之前，都和船主讲好的，路上死了不负责，拖上岸甩了，这叫"沟死沟埋，路死路埋"。川江号子的书头子也唱道："中途得病最悲惨，就丢你在岩湾边，一床烂席遮上面，那个来照你的闲。"不过地方保甲看到"荒尸"后，一般都会用民众捐助的"施板""火匣子"埋掉。施板与火匣子为薄木板制作的棺材，平时都存放在寺庙或宗族祠堂里，以备所需。

清代后期的一年，一个英国人租船到重庆，给了船上桡胡子一些赏钱，由烧火保管，拢码头后再分给大家。有一天早上，烧火发现钱少了，全船桡胡子被搜身，找出了那个偷盗者。把他暴打了一顿不说，还抢去他身上原有的仅仅的几个铜钱，在一个荒郊野外，又被撵下船去。他身上带着伤，已无分文，最后不知是死是活，流落何乡。

有一次巫峡里涨大水，一群桡胡子顶着大雨拉纤，船突然打张，靠近江边的一个桡胡子来不及松开褡裢，被纤藤拉进江里，一下子被浪卷走了。途中歇息的时候，船主叫人买来一些香纸烛，烧给淹死的桡胡子。拢码头后，船主又把工钱结给这个桡胡子家人，但没有一分钱赔偿。这个船主算是桡胡子口中声称的好人了。

桡胡子走船时由船主包伙食，大多吃高粱米、陈旧米。人多，时常不够吃。于是，有的桡胡子第一碗饭舀很多，结果吃得慢，等他去舀第二碗时，已甑底朝天。机灵的桡胡子有经验，第一碗装得平平的，马上吃了去舀第二碗，第二碗装满，吃完赶紧去抢第三碗，使劲装，还用饭勺压一压，能装多少装多少。这叫“一平二满三垒尖”。平时吃的菜，水煮白菜和干辣子炒盐。稍好一点的时候可吃菜豆腐，也叫连渣闹儿，把水泡过的黄豆用石磨推了，连汁带渣与青菜一起煮食。

拉纤的桡胡子唱道：“脚蹬石头哟手扒沙，找两个钱来哟，喂娃儿他妈。”受苦、受累，为的就是几个工钱，桡胡子称生钱，或者是“身钱”，传下来的只有读音。也许叫“身钱”更合适——用身体换来的钱。

1931年，在支流乌江上，从涪陵拉纤到龚滩约一百八十公里，因乌江特有的“歪屁股”船不用风帆，要走四十天左右，一个扯船子可得身钱四块银圆，驾长最高，是扯船子的两三倍，甚至更多。二十世纪三十年代初，一块银圆在重庆城最高可换铜钱二万八千文，一般情况下换二万四千文左右。当时一碗小面一百文，按现在每碗六元的定价，四块银圆最少折合五千七百六十元。这在重庆主城也不算低收入，当时乌江流域非常偏僻，民众普遍贫穷，买到的东西会更多。

谭邦武二十岁时已是年轻的老驾长了，收入非常丰厚，一个人养活全家十八口人。1941 年，他与另外两个桡胡子闯日本人的关，从巴东运了一船梨子去湖南卖。当地几分钱一斤的东西，湖南卖几角钱一斤，一船卖了两千块大洋。把钱缠在裤腰带里，衣服往肩上一搭，回了家。虽说那个时期物价飞涨，大米卖价比抗战初期涨了十多倍，两千块大洋仍可买三千五百多斤，全家十八口人能吃半年。卖了梨，他们顺便把船也卖了，川江木船在长江中游一带很好出手，那里造船木材紧俏。

民国中期，澎溪河运煤船的船板凳每月身钱十五块银圆，比县政府一个班长的月俸还高五块，相当于一个班警或公役的月俸两倍。另外货主担心途中煤炭被偷卖，每趟给每个船板凳两角“欢喜钱”，一个月三趟，酒钱够了。

三峡沿岸是高山，地瘠民贫，女子都往外嫁，男人娶媳妇非常不容易。唯独神农溪的桡胡子很早就能在当地盖起瓦房，娶的是山外好地方的姑娘。如果娶当地姑娘做媳妇，一定会选娘家境况比较好的。

“手爬石岩脚蹬沙，为儿为女把船拉。脸朝黄土背朝天，赤脚光膀心发酸。”桡胡子生活悲惨、劳作艰辛，但换来了家人的安稳。

川江上也有很多桡胡子非常贫穷、潦倒，祸根往往是大烟和窑子，身钱都被抽完、逛完了。老了，白天沿街乞讨，晚上睡在船帮龙王庙的屋檐下，行内叫“蹲山门”。民国时期，下川江一带跑广船的桡胡子都知道“何拌灯儿”，是个老驾长，认得到江上的每一块石头。如果船主哪点没顺他的心意，就变着花样“找事儿”。比如故意把船舷碰个洞，虽事不大，但修船要耽搁时间。船主一般都吝啬，只要他喊一句：烧火的说没得伙食钱了。船主赶快“数壳儿”（给钱）。船主们既恨他，又要雇他，他驾船技术好。为了解气，便给他取了个诨名“拌灯儿”。何拌灯儿的身钱当然高，但抽大烟、逛窑子花光了，一辈子没说（娶）佑客。他岁数大了，驾不动船，无家可归，孤零零地睡在江边“棕包栈房”——篾棚搭建的自带铺盖小旅馆，价格相当低廉，等活路的桡胡子都住这里，兼有劳务市场的作用。后来何拌灯儿得病死在棕包栈房，老板贴钱埋了他。

巫山碚石镇在巫峡南岸，分上、下两街，中间隔着一条小溪是省界沟，湖北与四川的分界线，上街是四川，下街为湖北。民国时期，上下水木船常停靠在上街，街上有茶馆十多家，生意兴隆。而下街却无船停靠，行人寥寥，店铺冷清。湖北省主席陈诚颁令，严惩种、运、贩鸦片大烟者，连抽烟人都判死刑。四川是鸦片产地，对种、吸者不追究，只处罚贩运人，也不判死罪。桡胡子中的瘾君子想方设法都要在这里停船，出川的想过足烟瘾，回川的要补足烟瘾。

船主雇用桡胡子后，按规矩都要预支一部分身钱，算是下定钱。桡胡子一来可安顿家里，二是可买“捎带”货物，拢目的地变卖后挣点“外水”。而那些瘾君子拿到定钱，首先是饱足烟瘾，然后再买够路上过瘾的大烟。

沿江城镇过去窑子多，高低档都有，桡胡子去得最多的是“私窝子”，因为价格便宜。码头沙滩还有一种篾席棚的窑子称“钉棚”，卖身的女人长得难看，一般都在晚上接客，看不清模样，更价廉，光顾的多是桡胡子和码头上的苦力。奉节、万县等大码头停靠着花船，卖唱、卖身的都有。奉节自古设有税关，上下船只必须报关候验，每天停船成百上千，热闹非凡。傍晚时分，一只只挂着小灯笼的木划子在江面往来穿梭，卖身女子在船上伴乐歌唱，专门招诱桡胡子和船主。1944 年夏天，万县城江面刮大风，曾吹翻一只花船，淹死了一名来自扬州的卖身女。

旧时俗话说，井下挖煤的炭狗子“埋了还没死”，而水上的桡胡子是“死了还没埋的人”。也许正是这种“血盆里抓饭吃”的生存命运，纵容了桡胡子放荡不羁的人生。

喊起号子好合脚

气力

“咿哦——吔！”弯弯曲曲的山路上，二爸挑着百十来斤洋芋种回家，每次歇气完，担子再上肩时，都会这样长长地呼叫一声。

我问二爸：“气没歇够吗？”

“这是‘喊号子’，做活路的人都要喊。”二爸回答，“上肩时，要使劲，长喊一声松口气。”一路都是上坡，二爸比较累，时不时又“嘿哟、嘿哟”哼几声。

这种呼叫和哼气声也算是号子？一个人做活路也喊号子吗？

我第一次在川江上行走，是童年时跟着外公乘坐柏木帆船，当听到那一声声原汁原味的川江号子时，不知就里，问外公：“为什么要喊号子？”外公解释：“做活路才不累呀！”当时，整条船上的桡胡子都喊，各种曲调与音律交替，一会儿抑扬、清脆，一会儿粗犷、高亢。

川江与川渝及毗邻鄂滇黔地区大小河流上，船工的劳动号子统称“川江号子”，作为传统音乐项目，列入了国家级非物质文化遗产名录。官方定义：“船工们为统一动作和节奏，由号工领唱，众船工帮腔、合唱的一种‘一领众和’式的民间歌唱形式。”川江号子有词牌几十种，分上水、下水号子和杂号三大类。类别也可称为逆水、顺水（平水）号子和杂号，或叫推桡、拉船号子与杂号。

老桡胡子冉白毛吧嗒着叶子烟，慢悠悠地讲述：“拉纤使力气，肚子里憋到起的嘛，不喊号子要遭内伤。”这如我二爸说的“松口气”。冉白毛又举例子说，人不舒服的时候，一边忍着，一边不停地哼，是不是觉得要松活一点？还有，你看那些抬二，都系紧了腰带的，抬石头的时候又吼得凶，就是不让肚子里憋气，要把气吐出来。石匠师傅开山（破岩）“甩大锤”，还不是一个人边甩边喊号子。

“甩大锤”就是“打大锤”“抡大锤”“挥大锤”。平常，工匠们使用的二锤、手锤、榔头、斧头等工具的手把，有长有短，但一定是硬把子，唯独石匠的大锤手把拿细长的木棍做成，软的，有弹性。甚至有人破开南竹，直接用一块两指宽的篾片做手把。石匠挥舞大锤像是甩，很形象。冉白毛道出原理：“大锤用软把子使的是借力，也叫巧力，下大力气时才用，人没那么吃亏。硬把子的二锤，用的坠力，土话叫‘下死力’，不花大力气的活路用。”

冉白毛这番气与力的土俗道理，与外公“做活路不累”的意思差不多。川江号子的官方定义,看来只说了个半截话。

敲鼓

桡胡子拉纤喊号子,不都是由号工领唱,过去常以敲鼓的方式引导拉纤,用鼓声替代领唱。唐代,白居易《入峡次巴东》诗中有记。元和十四年(819),白居易赴任忠州刺史途中,过三峡时,看到有人举旗击鼓,引导船只过滩:“两片红旌数声鼓,使君艘艓上巴东。”

白居易只是诗意的描写,不知具体的操作。清代后期,敲鼓引导拉纤的情形普遍起来,尤其是西陵峡中常见。1868 年,英国旅行家汤马斯·库柏入川时,曾清楚记录在茅坪镇上游不远处的獭滩,他看到“有时候需要纤夫们松开纤绳,或者突然停下来,所以在船头有一个敲鼓的人,用不同的鼓点来指挥岸上的纤夫们”。

敲鼓替代的只是号工领唱,桡胡子拉纤时仍要喊号子。一个名叫威廉·约翰·吉尔的英国人,不仅是位探险家,还是皇家工程兵团的上尉,他在旅行记中写得很明确。1876 年 3 月 11 日下午,他乘坐的木船过獭滩时,小鼓以一种平常的节奏敲响,岸上的纤夫们喊起了号子,拉紧纤藤,听从变化的鼓点指挥。

一路上,拉纤时都要敲鼓。敲鼓的人多为船上的烧火,也就是杂工,他和驾长深得船主信任,属“坐堂”(长工),而一般的桡工、篙工、纤工为随用随雇的短工。有的木船也由船主自己担任驾长。烧火不煮饭不买东西时，在船上帮这帮那，对各个工种熟悉，也都会一点，所以别称杂工。烧火敲鼓引导拉纤，船主可不请号工，节省开支。号工工资差不多和驾长一样高。

川江险滩长，纤藤更长，一般两三百米，有时岸边还有岩壁、石背遮挡，并且滩水湍急，声响还大，拉纤的桡胡子听不清号工的领唱。如果号工在岸上随行指挥，又摸不清船上的情况，不晓得驾长的号令。鼓声浑厚，穿透力强，传播很远，与周围环境声响泾渭分明，正好可以解决这些问题。

清嘉庆年间，陈明申的《夔行纪程》中记载："船行江中，纤牵上顶，声息不能相闻，船上设锣鼓，以锣鼓声为行止进退。"这话解释为，船在江中行，拉纤的人在岩顶上，相互不知情况，听不到声音，便用锣鼓声指挥行止、进退。

1871 年 2 月的一天，英国地理学家约翰·汤姆森过黄陵峡时，见船上的人敲一种小鼓，说"鼓声在河流的咆哮声和纤夫们的号子声中都可以听见"。

有鼓必配锣，时常锣与鼓并用，声响更铿锵有力。冉白毛说，下水放大滩时，我们一边敲锣打鼓，一边往河里撒大米，向河神报到，请求保佑平安。

进入民国，川江上航行的轮船逐渐多起来，船速快，掀起排排大浪，时不时撞沉、浪翻木船。重庆海关船务部门发布公告，规定木船必备锣与鼓，远远看到轮船，立即鸣锣击鼓，发出预警，轮船听到信号，必须慢车减速，避免事故发生。

书头子

脚蹬石头手扒沙，躬腰驼背把船拉。

穿的衣服像刷把，吃的苞谷面掺豆渣。

这是最有名的一首川江号子，大河、小河、沟沟河的桡胡子都唱。粗略了解川江号子的读者也知。严格说来，这不是川江号子的“正书”内容，称书头子。

什么是正书？什么又叫书头子呢？简单点说，正书与书头子分别相当于诗、文的题记和正文。过去茶馆的说书先生，开讲正书前，首先来一段开场白，内容雅俗共赏，幽默搞笑，达到预热、暖场的效果。“开场白”就是“书头子”，川江号子借用了这种形式及名称。

川江号子的书头子与正书有明显区别。书头子每句稍长，正书有长有短；正书词句都夹带助词、叹词，而书头子基本不带。书头子内容丰富，有趣、诙谐，听起来轻松、愉快，桡胡子们称“醒脑”，意思是让紧绷的神经放松一下。

但书头子不是随时都唱。上水拉纤，过急流滩后是长流水，航道没多大变化，纤道也较平直，这个时候桡胡子轻松多了，要喊一种名为“数板”的号子，喊之前，号工便先唱一段书头子。下水，或平水时扳桡，遇到水势平稳的航道，桡胡子不需出大气力，也喊数板号子，也先来一段书头子。桡胡子们在急流滩上奋力挣扎时，是喊抓抓号子，或叫招架号子，如果这时候突然冒出几句“书头子”来，他们一下子泄了气，下水船会乱窜，上水船要倒流，非出大事不可。

因此，书头子唱在数板号子之前，而上水、下水号子里都有数板号子。

冉白毛说，活路轻松时，我们也会唱几句书头子。

书头子内容多少都有，少的四、六、八、十句，多的如《说江湖》五十八句、《川江两岸有名堂》八十句，还有更长的上百句。这么长的书头子，不可能一次唱完，不然等号工“开完音乐会”再拉纤、扳桡？往往是号工唱上一小段书头子后，桡胡子已做好准备，正等正书开场：

领唱：呀呀嗬——嗨嗨！
众答：嗨！
领唱：要想夫妻哟——
众答：嗨！
领唱：不离伴呀！
众答：嗨！
…………

书头子和正书词句内容涉及风土人情、神话传说等诸多方面，最有趣的是号工现场即兴编唱，生动、有趣：

王村码头高又高，烧火称肉一坨泡。
吃一半，留一半，响水洞脚吃早饭。

词句旁敲侧击船主吝啬，昨天在王村买了一坨最差的泡泡肉不说，还只煮了一半，今天拉船到了响水洞，又才吃早饭。

冉白毛摆：有一次鲜辣椒刚上市，大家想尝新。那个时候没得大棚里长的反季蔬菜这回事。烧火按船主的吩咐，中午炒了青椒肉丝。吃饭时，船主半开玩笑说要算钱哟。桡胡子的伙食都是船主包了的，大家也不做声。下午拉滩时，喊号子的用节奏刚喊了句“中午的青椒肉丝要算钱”。船主听了，担心桡胡子暗中“整经儿”，马上高喊：不算钱、不算钱，明天还吃。

合脚

川江滩险浪高，桡胡子拉纤、扳桡要斗滩头、抢江流，拼尽全力，奋力抗争，累得上气不接下气。因此，川江号子的词句简洁、明快，而且众和词句除了助词、叹词外，几乎不含实质内容，且基本上在四个字内：

领唱:“哦嗬!”

众答:“哦嗬!”

领唱:“吆哦嘿啦!”

众答:“哦嗬!”

…………

领唱:“船到滩头哟!”

众答:“嗨!”

领唱:“水呀路开呀!”

众答:“嗨!”

…………

一次,我看川江号子实景演出,激越高亢的音乐声中,桡胡子们一出场,领头的便高呼:“开——船——啰——”其实,真实情景是不喊“开船”的,有“破船”之讳,都称“开头”。船真的开头时,也只喊“退档号子”——两边都停着船,要退着出去,此为退档。属杂号类的一种。演出中,领唱、众合的那些川江号子词句,很大部分实属书头子范畴,声动梁尘、余音绕梁。

我含蓄地提出疑问:“船工拉纤时,喊这么长的句子,不好合脚哟!”合脚就是合拍的意思,川江号子不是要“统一动作和节奏”吗?演出方负责人回答:“照你说的这样演出,没得几个人看了。”

我无语。他也无语。

原生态川江号子的词句，大部分比较土俗、口语化。有词唱道："沟死沟埋，路死路埋，狗子就是肉棺材。"旧时，桡胡子和船主订有协议，路上病了，不做活路就不能白吃饭食，否则要遭撵下船去；死了，篾席裹起，扔上坡算数。在江边"桡倌栈房"雇用时就说清楚的，栈房老板或荐工的保人可作证。所以，哪里死了扔哪里，被野狗撕扯吃掉。土俗的词句里没有苦难字眼，但满是苦难。

"一床破席脸上罩，白骨奉还爹和妈。"这句是前句的翻版。古训"身体发肤，受之父母，不敢毁伤，孝之始也。"即，身体、毛发、皮肤是父母给的，要保护好，不能损伤，这是孝的开始。结果只剩下白骨，忤逆不孝。也满是苦难的词句。

"使力的是我的老子！不使力的是儿子！"这是抓抓号子中的词句，我略去了众答和助词、叹词。可以看出，这完全是两个人摆龙门阵时，打赌、发誓的话。又如"刘皇叔在白帝城托了孤，巴到墙边起的尽是半边屋"，刘备比汉献帝刘协辈分高一辈，人称刘皇叔，川江人有跟着晚辈喊的习俗；巴到，紧挨的意思；起，砌；半边屋，紧挨城墙的那面屋墙可不砌——牢固又省了钱，岂不是半边屋？这全是下川东人平时的口头话。再有"清水洗来米汤浆"，过去，川江人把衣服洗干净后，要用煮干饭滗出的米汤浸一下，再晾干，衣服发硬、发挺，穿起来平整，好看又耐穿。我姑妈说，细娃儿不爱干净，浆过的衣服穿脏了，下次才好洗。民俗与口语融入了川江号子。

1985年，我在云阳县志办公室工作时，看到航运志资料里的川江号子有这样几句词："没有被盖睡，扯把黄金叶，没得枕头睡，石板都要得。"我认为记录有误，按下川东一带方言习惯，不会喊"被盖"，这是书面语，应该叫"铺盖"。于是，我做了几处修改，"被盖"肯定改为了"铺盖"。同时，前一句有"睡"，第三句又出现，累赘了，就把前一个改成"盖"；最后一句中的"石板"改为"石头"，"石板"是平的，不能当枕头，"石头"是砣砣，才可以。另外，没查到"黄金"这个植物，疑为乡下的黄荆树。

改好后的词句为："没有铺盖盖，扯把黄荆叶，没得枕头睡，石头都要得。"并引用在我的散文《三峡船歌》中，于1988年8月21日刊发在《四川日报》副刊上。

我那时候想当然了。"铺盖"也许改得正确，但其他未必。词句中前后出现"睡"字，正是口语化的表达，而江边各种形状的大小石头，老百姓口头上至今仍喊石板……

四川地方史专家赵永康先生，对加工、整理的音乐作品《川江号子》这样论述：

> 与船工们航行时实际喊唱的"号子"(棹歌)，已有相当大的差别，未能真正保留其本来形态……只余下未能深入了解人力木船船工劳动情况的音乐界专业人士加工、整理的音乐作品《川江号子》留存在人间。

川江行

那些年，我们坐着江轮出行

曾经，川江的细娃儿，喜欢坐在江边的岩石或者沙滩上，看来来往往各种各样的轮船，百看不厌；夏天时在江里洗澡，每每遇到客轮驶过，一点儿不害羞，光着屁股向船上的旅客挥手……

1980 年的夏天，我第一次坐上了川江轮船。马上读高中了，跟父亲的同事马叔叔，从小县城云阳到万县市去验光配近视眼镜。马叔叔没买到舱位票，在四等舱找熟人挤了一晚上。我没地方睡觉，第一次坐船很兴奋，也睡不着觉，和一同上船的几个同街伙伴在船尾耍了一整夜。

那时候川江客轮每天上上下下往返于重庆至宜昌、武汉之间，停靠沿途各城镇港口。像涪陵市、万县市这样的中心城市，还定时停泊重庆至上海超长航线的客轮。当年，下川东沿江的十多个县市,陆上交通不是十分便捷,江轮是主要的外出交通工具。

我从云阳县城去万县市和省城,是坐上水船,都在晚上搭乘,第二天早晨可到万县市。轮船停靠到中午以前又开航,过忠县、丰都、涪陵、长寿,日夜兼程,第三天上午到达重庆港,然后换乘火车去省城成都。出川坐下水船,夜宿万县市的江轮一大早到云阳,乘船顺江而下,经奉节、巫山和湖北巴东、秭归,傍晚时拢宜昌港,再坐火车去北京、武汉、广州等城市。

二十世纪八十年代末,我调到万县市工作后,还经常坐船回云阳。但最后一次乘坐江轮是什么时候，已记不清楚了。2000 年后,母亲随三峡移民,从云阳老城搬到了新县城,离我居住的万县市缩短近一半的路程，每次再回家都是乘坐汽车。2003 年 3 月 8 日,三峡库区即将蓄水,我约了几个朋友,去川江著名的单行控制航道巴阳峡做最后的告别,也是开车去的。

二十世纪九十年代后期,迅猛发展的陆上交通方便、快捷、价廉,完全取代了缓慢、平稳,甚至可以说是悠闲的川江轮船客运。曾经的江轮,改做了旅游船,一部分破旧不堪的老江轮被拆解,或变卖后改作水上酒店、餐厅船等。除央企长航集团外,地方轮船公司大多破产清算,生存下来的也转向经营旅游船和发展货轮运输。

川江客轮离我们已经远去,突然萌发一个念头:能不能再去坐一趟？寻找和重温一种曾经的感觉。

起航，沿着记忆的痕迹

准备

万县市已于1997年由四川省划归直辖市重庆，改名重庆市万州区。我到万州港客运站打听，有一种重庆港始发的中型旅游客轮，目的地是湖北宜昌，沿途仍停靠沿江城镇港口及旅游景区。船上设散席舱和一至四等舱，头天晚上上船，凌晨开航，每天下午五点多钟到万州。我买了三等舱，人多热闹一点。拢宜昌后我返回，坐到重庆港。终点说是宜昌，其实停靠在三峡大坝上面约两公里的茅坪港，然后旅客乘大巴车经坝区高速公路达到约五十公里外的市区。这样可减少旅客等候轮船过闸的时间，同时也缓解三峡船闸通行压力。

二十世纪八十年代初至三峡大坝建成之前，坐轮船到宜昌及以下的城市，通过已建好的水利枢纽葛洲坝大坝时，旅客和轮船一起走专门的水上通道——船闸。当年我工作的云阳县食品公司经常运生猪到宜昌、沙市、武汉等地，每次装运生猪的驳轮开航后，业务股派我去邮电局给葛洲坝船闸管理处发电报。记得电报里经常出现“左舷”“右舷”两个词，表示货驳绑拖在轮船的左边或右边，过闸时系泊左壁或右壁，以便船闸管理处统筹安排船只过闸。

纯粹是为了重温当年坐船的感觉，我就让旅行更自得其乐一点。用保鲜盒装了一盒香肠、一盒油酥花生米，外加一瓶用矿泉水瓶灌满的老白干。东西很简单，太讲究了就没那个味儿。

不想被打扰，没告诉任何人，2013 年 1 月 20 日，农历大寒节的下午，我一个人悄悄上路了。

候船

船票上开船时间是下午五点三十分，快六点了，宽阔的江面雾蒙蒙一片。这是下水船，我不时向上游张望，只要能看见一个小黑点，一会儿就可来到眼前。老远我也能分辨出是不是客轮，客轮楼层多，舱室灯火通明，闪着一团光亮。这是我多年前的候船经验。

坐船出门经常候船，那里面包含着很多乐趣和情感。我曾经坐上水船时候多，是晚上候船，喜欢买最晚的班次，逆流的上水船又通常晚点，每次候船都要到深夜。这样我可以消消停停吃了晚饭，平时耍得好的朋友来送行，一同到码头。天热的时候坐在江边歇凉，一边等候轮船，一边摆些有关青春的龙门阵；冬天水枯，江边退出一大片沙滩，码头石梯两边搭起很多做小生意的篾席棚子，切几两卤菜，喝几杯老白干，一边烤火，一边候船。

后来有了女朋友，她陪我在江边候船。我俩坐在石梯上，她总是把头靠在我肩上，默默地坐着。女友在外面上过大学，分到机关当干部，而我只是一个工人。三十年前大学生与工人之间的地位悬殊，不被社会认可，她父母坚决不同意我俩往来。也许女友感觉出我身上的一种潜能，愿和我在一起。平时我俩没地方见面，小县城里没公园，街上连绿化带也没有，几乎人人相互都认识，怕遇见熟人。江边夜晚候船，是我俩难得的机会。

每次看见下游出现轮船探照灯的亮点后，到轮船进港、停靠趸船和上下旅客，整个过程起码还有近一个小时。我便送女友到码头上面的大街，她自己再回家。说实话，当时我多么不想看到那个亮点啊。送走女友，往回赶的时候，正好赶上客轮停靠趸船。

久等不来的轮船，唤起了我候船的美好记忆。

换票

候船的时候，我摸出船票放在趸船甲板上，用单反相机拍下，写博客时配用（智能手机和微信还没普及）。等过会儿检了票，撕下副券，就不是一张完整的船票了。候船舱空空的，我的举动让值班员好奇，凑过来看热闹，并问我几等舱，怎么不坐大型豪华游轮。当他明白我的行程意图后，提建议："等会儿主任来了，找他签个字，给你换个二等舱。"

我表示谢意，请他介绍主任给我认识。

主任爽快地在船票后面写上一行字：关系户请安二等仓（舱）壹人。然后是签名。哈哈，"关系户"，一个久违了的当年的常用词。我被突来的"幸福"高兴得不知所措，不好意思地喃喃道："看嘛，我也不抽烟。"主任摆摆手："我不抽、不抽烟。"

船票由三等舱变为了二等，为"贪"这点小便宜，我也不顾"三等舱热闹"的初衷了。"幸福"竟然还在后面，主任给了我一张名片："欢迎你观光采访！返程去重庆，你还是坐二等舱，我叫船上客运主任给你打五折。"

登船

天幕已经拉下来，趸船上的照明灯也亮了，又陆续上来几个坐船的，加上原来候船的总共不超过十个人。

江面上响起一长两短熟悉的汽笛声，等候的轮船终于到了。三峡库区蓄水前江流湍急，下水江轮停靠趸船都要把船身掉过来，头朝上游。我想可能像汽车一样有待速吧，正好与水的流速保持平衡。已成高峡平湖，几乎没有了流速的川江，轮船还是要掉头停靠。掉过头来的轮船两声长笛后，慢慢朝趸船靠过来。

"海内观光5号"，我看清了霓虹灯的气派船名和并不气派的轮船，比过去川江客轮小，也没有灯火通明的船舱。难怪它在远处时我没注意到。

这船标明是旅游船，实际上也是客班轮。二等舱并不比以前客江轮的三等舱好多少，只是多了一个卫生间、一台带"雪花"的14吋老式彩电和早已脏兮兮的地毯。卫生间又小又窄，又不隔音。我方便时，都去一楼的公共卫生间。

公共卫生间安装了陶瓷蹲式便盆，不像以往的便槽那么臭气扑鼻。早在十多年前,长江海事部门已禁止向江里倾倒垃圾,靠岸时交给岸上的清洁公司。但卫生间的排泄物是怎么处理的?不得而知。

原来的客轮一般只设二三四等卧铺和散席舱,普通公差人员可报销三等舱及以下的卧铺票。如果坐散席舱,可按四等卧铺票价补助差额。船票上没有铺位号,旅客凭船票换铺位牌,对号找到自己的舱室铺位。有些一同出门的人为了节约,只买一张卧铺舱票,两人挤一个铺位。散席舱没铺位,自由找地方坐。但可以按旅途长短,花两三角钱,租一床麦秆席,随便铺在哪里就可睡觉,旅客多的时候,特别是春运期间,甲板上、通道里挤满了席地或坐或卧的人,连过路下脚的地方都没有。

室友

我换了舱室床铺牌,是敲开反锁了的门进去的,突然觉得很尴尬,舱室里只有一对看似夫妻的中年男女。可能一路上都没安排其他人住进来,空着的两个上铺被子叠得好好的,没动过。现在坐船的人少,舱室就我们三人。

过去客轮服务员把在同一个港口下船的旅客安排在一个舱室,方便管理。外出求学那会儿开学返校,同舱室全是在一个港口上船下船的学生,热闹得很,吃饭的时候,大家叽叽喳喳地在餐厅围成一圈。夕阳西下,伏在船舷栏杆上和女同学一起吹江风,现在想来,真是人生中最美好而浪漫的时刻。

也有扫兴的事发生。晚上时有小偷光顾，他们挨个船舱偷，我们学生没啥钱，不怕偷。但有一次回家，一个同学的新皮鞋被偷了，是他老汉儿给他考上大学的奖励。

这时服务员在舱外走道上提供开水服务，男的出去灌满了舱里的一只保温瓶。等我取出杯子和茶叶想泡茶时，服务员已走了。女的发话："你可以用瓶里的！"听口音，是湖北人。

我边倒开水，边出于礼貌问："你们从哪儿来？去哪里？"

男的回答："从重庆下来的，我们从贵阳过来。九几年的时候我坐过一次轮船，这次带她来坐一次。"男的指指女的，也是湖北口音。接着他又说："昨天上船我一看，没有原来那种船大。"同时加重语气补充了一句："根本没有。"

他加重语气补充，我理解有两个意思：他给女的描述当年那个船如何大，如何舒服，可眼前不是这样，担心她认为自己是在吹牛；还有，是他本身有一种失望。我这样理解，自然对他产生了好感，一同聊起曾经坐过的川江轮船经历。其实他只坐过一次，但对江轮的记忆，与我的回忆一致，竟然也叹息：这么多年了，船上的设施没多少改进，反倒没有原来那种大船宽敞舒适了。

从交谈中得知，男的在贵阳做了几个月生意，女的十多天前去接他回家，本来可以坐火车回湖北，他特意带她来重庆耍一趟，顺便尝尝坐船的滋味儿。

夜航

船上有观景台，在驾驶台上面，轮船最上面一层。夜晚的风不是很大，却很冷，我可以坚持。江面黑茫茫的，航行没用探照灯。以往的江轮夜航要全部打开探照灯，不一定一直向前照射，却要不停地探照两边江岸。当年江面较窄，随时要查看航道情况。

川江顺流北为左岸，南为右岸，轮船也像汽车一样靠右航行。夜色中，我们的船速很快，如同超车那样从左边超过了一艘艘客货轮，连那些豪华游轮也被丢在了后面。没过多久，到了第一个港口云阳，我的故乡。

云阳置县已两千三百多年，古时曾管辖现在的万州、开县、梁平等地。1999年因三峡库区即将蓄水，县城从原址西迁二十多公里至此，属一座移民新城。当然，码头石梯上，也见不到我与女友候船时相偎的身影了。

云阳城夜景很美，辉煌的灯火让整个城市玲珑剔透，这是川江沿岸城市依山而建，建筑物鳞次栉比的层次感带来的效果。从云阳长江大桥下缓缓驶过时，灯饰效果下的两个桥墩塔和一根根斜拉钢索，轮廓分明如两架巨大的竖琴，我用仰视角度拍摄了一张“竖琴”夜景图。我看过很多张云阳长江大桥图片，一般表现其雄姿，不管白天或夜景，拍的都是全景。

夜深了，航道上只有左岸绿、右岸红的夜航灯标闪烁，我渐渐冷得直跺脚，赶紧回到船舱里。

轮船一直在黑夜里行驶，凌晨一点多钟到奉节，然后停宿巫山港。

航行，在现实与历史中交错

巫峡

21 日早晨七点，准时开航。

可惜船到奉节已是今天凌晨一点多，错过了欣赏瞿塘峡的机会。轮船安排夜宿巫山，也许就是不要再错过巫峡。

1985 年我第一次出三峡，轮船驶入瞿塘峡夔门时带给我的那种宁静，永远定格在脑海里。当时已进入川江汛期，瞿塘峡口的江面上无礁石阻流，相对平时宽阔而水流平缓。呜的一声清脆长笛后，轮船静静驶进巍然屹立的峡口夔门。我随旅客拥向船头，擎天绝壁仿佛隔绝了一切嘈杂、喧嚣、烦躁，听不见风声，也不闻水声，就连身旁旅客对夔门的赞叹，也在这宁静中被融化了。扑面而来的是一种厚重、凝练和深邃的古老与自然文化相融合的气息。

从这一刻起，我的灵魂再也没离开过三峡，再也没离开过川江。

天还没完全亮开，如星火点缀两岸的航标灯在晨雾中闪烁着，又是一个阴天。雾蒙蒙的晨光中巫峡仍然十分秀丽，高峡平湖的江面宽阔起来，原来的一些岸边支流小溪，甚至山涧也变成了大河，让我想起“大河涨水小河满”的俗语。巫峡中上下行

巫峡西入口 （[美]张伯林摄于 1909 年）

驶的轮船多，我们刚超过一艘下水货船，马上又迎来一只上水客轮。

支流清石溪从右岸汇入巫峡，溪入口左岸，一座红瓦白墙的欧式小楼直扑眼帘，与散落在周围的川江民居格格不入。终于又见到了久违的川江信号台。这是川江上的一种助航信号设施，近似于马路上的红黄绿交通信号灯。三峡库区蓄水后，航行状况大为改善，仍然留置于川江两岸的信号台并不多见了。1915 年 8 月 17 日，一个名叫蒲兰田的英国人担任第一任长江上游巡江司，在万县境内狐滩设置了川江第一座信号台。很早以前信号台全为茅草棚，再是砖石木屋，二十世纪八十年代一律改为红白相间的八角台房。三峡库区蓄水后，逐步建成欧式坡屋顶小楼。

信号台小楼玻璃窗紧闭，也看不到人影晃动。这是三峡库区蓄水期，江面宽阔，航行通畅，信号员开始轮休。遗憾的是，此处有凤凰嘴长石梁伸入江中，轮船远离避让，加上又是雾蒙蒙的天气，不能拍出清晰的照片。

带着遗憾，轮船驶抵川江右岸湖北巴东港。这次停靠趸船，轮船并没有掉头。

以前江轮停靠码头时，趸船上总有商贩叫卖当地土特产：涪陵榨菜、忠州豆腐乳、云阳桃片糕、奉节脐橙、巫山雪枣……有一次我在巫山港趸船买了一袋橘子，结果船开了，那个卖橘子的大娘用竹竿撑起小竹篓，一个劲儿递给我，递了好远，我还是没接到。这么多年过去了,这位大娘可安好?

现在的巴东港趸船,已没有了商贩叫卖土特产。

用餐

江轮的餐厅好像约定俗成,永远都在二楼船尾。开始卖早餐了,一碗稀饭、一个鸡蛋和两个馒头,外加一点咸菜,八元,似乎有点贵,但热腾腾的稀饭下肚,全身暖和起来,多少有了点安慰。

三十多年来我始终没弄明白,轮船上的饭菜怎么又贵又差。联想到舱室条件和设施改善问题,也没弄明白,坐船是一种悠闲的旅行,让这种旅行更舒适,也许会给川江轮船的普通客运带来一线生机,何乐而不为?至少像我这类人会选择这种旅行方式。

午餐两荤两素十元不算贵,十一点半去餐厅只有两三个旅客在吃饭。轮船预告中午一点到达终点港,大概都是等下船再吃吧。我买了一份午餐,打开保鲜盒里的香肠和花生米,拿出矿泉水瓶装的老白干,没有酒杯,直接用嘴喝。慢慢抿一口老白干,夹起一片香肠,再吃几颗花生米,偶尔又扒一口饭,完全的自得其乐。大凡能喝酒的人,通常喜欢在外和朋友一起酩酊大醉。而我的量不超出一两,从来都是白酒,喜欢自斟自饮。

不急于赶路,也不急于去做什么,完完全全地放松。这一刻不慌不忙地自斟自饮,真的让我感觉到了一种悠闲。

当年江轮上的服务项目多,小卖部有烟酒、糕点零食和土特产，可以花上一两元钱去看录像、去玩游戏机。晚上，餐厅临时改成舞厅，女士免费，男士花五角钱购票入场。船上还有淋浴室，可洗热水澡，当年下川东城镇普遍没有使用天然气，冬天乘船趁机舒舒服服地洗个热水澡，是一件很享受的美事。有次我坐船洗了澡，路过女浴室，一个小女孩正出来，不知为何，又折返，推开门喊“妈妈”，无意中瞟到一眼，白花花一片……

还有一次坐船，认识同舱一位中年人，一起摆龙门阵很投缘，晚上都不想睡。船上卖夜宵，他买了两瓶啤酒非要请我喝，我买了一份盐水花生和卤豆干，然后两人坐在船尾吹了一夜的风。下船之前我们还交换了通信地址，但后来一直没有联系过。

坐长途江轮，吃过早饭后到船上阅览室看报刊，午饭后午睡一会儿，下午拿着画板去船尾写生、画速写，晚上躺在上铺看小说。一个标准的二十世纪八十年代“文艺青年范儿”。多么悠闲愉悦的旅程啊！

秭归

下午一点多钟，船停靠右岸一港口，没听清广播是什么地方。同舱那位男的打听回来说，对岸就是终点港了，在这里停一下后马上过对岸。喇叭里又在播送到港提示，听到了“茅坪”两字。我的终点港就是茅坪，买的也是茅坪的船票，于是，飞快地提起包，奔往一楼出口。

检票员要验票，我掏出舱室床铺牌，他奇怪：“怎么没换船票？”然后要收回床铺牌，催促道：“算了，算了，赶快下、赶快下！”这时，旁边的女客运主任赶忙插话：“你不是要返程吗？”我回答：“是呀！”主任说：“那在对面太平溪下。”

我弄明白了，茅坪为秭归县城所在地，是终点港。但我乘坐的“海内观光5号”轮要停泊在太平溪码头，傍晚六点再返程。用通俗话说，太平溪码头是船的“停车场”。太平溪在茅坪港对岸，属宜昌市夷陵区辖镇。看来我是应该在茅坪港下船，顺便逛逛秭归县城。等我想清楚时，轮船已在江心了。转念一想，太平溪应该有轮渡船可过江，只是迂回了。何止迂回，找去轮渡口，渡船刚开走，要等上一个小时才返回。下午三点多钟，我总算登上了茅坪岸。

秭归是大诗人屈原故乡。原县城没在茅坪镇，作为三峡工程的第一个移民搬迁县城，1998年由归州镇东迁三十七公里至此，距三峡水利枢纽大坝上游约两公里。站在轮渡船头，雾蒙蒙中隐约可见大坝身影。秭归和其他川江沿岸移民小县城没什么两样，绿化的主街道比较整洁，楼房建筑小巧而精致。虽然缺少都市的繁华，但给人一种稳定的悠闲景象。因为时间紧，我只能走马观花一番。

回茅坪轮渡码头的路上，途经屈原故里文化旅游区，主要景点由原县城和新滩镇搬迁复建的屈原祠、古民居及江渎庙组成。如果入园游览，肯定赶不上回太平溪的末班轮渡，只好放弃。然后在旅游区外景拍了照，算到此一游，可发博客了。

回船

后来，我并没坐轮渡回太平溪。下轮渡时打听清楚，末班渡下午五点二十分开航，过江需二十分钟。我上岸后要步行几百米才到港区，港区内部路又长，再七拐八弯上趸船，不论哪个环节稍微耽误一下，傍晚六点开航的返程船又过茅坪港去了。我不如就在茅坪港等候返程船。

当我又拿出舱室铺位牌子时，茅坪港检票口也要查验船票。我只好在旁边等旅客都上了船，再耐心跟检票员解释。男检票员像是没听懂，根本不理会，坚持要验票。我正犹豫着要不要买一张最近港口的散舱票，进检票口再说。还好，一位女检票员说："他是返程的，中午下船也是拿的舱铺牌儿，我晓得这事。"谢天谢地，我终于上了船。

还有几天就是春运了，回家的人开始多起来，太平溪和茅坪港上船的旅客住满了舱室，二楼中部休息厅也坐了很多人。

我的舱室也客满，显得很嘈杂，下船时叠放好的报纸，扯得地上、桌上、床上都有，给人更乱的感觉。我一张张收拢，叠好，顺眼了一些。又小又窄又不隔音的卫生间，完全暴露出它的"丑恶"。我下铺到忠县的那个年轻人大便后，臭味儿满舱，他自己都觉得不好意思，打开舱门和窗户，很久才消除。深夜里，其他人已入睡，我在笔记本电脑上写日记。对面上铺那个云阳女孩上卫生间，唰唰唰的声音清晰可辨，出来一眼看见我，脸唰地一下子红了，赶忙转向一边，爬上床铺。

终点，停靠在回忆的岸边

巴东、巫山、奉节港都是在深夜和凌晨停靠的，22日早晨八点多钟停靠云阳后，船上一半的旅客下了船。舱室剩下我和到忠县的那个年轻人。

云阳到忠县的航程是白天，我几乎都在观景台或二楼休息厅的舷窗边，盯着熟悉却又陌生的江面。这段航道明显比云阳以下宽阔得多，而且越往上行越开阔。江面仍旧雾蒙蒙的，但江水清澈碧蓝，泛起片片微波，再也没有什么形容词比“碧波荡漾”更恰当。沿途景色没什么变化，我却仍是兴致淋漓。

要说变化也有，时不时遇见岸边一个小山包延伸江中，形成半岛，上面草木茂密；或者靠近岸边凸现一个江中小岛，栖息着一些我不认识的水鸟。据说三峡库区蓄水期间，形成大大小小的小岛屿和半岛有一百多个，别具风味。如果建成一个个湿地公园，也许是独具潜在价值的近郊旅游项目。

沿途岸边增加了许多钢筋混凝土航标灯塔，红、黑与白色瓷砖相间嵌贴，颜色一直鲜艳，不易被风雨侵蚀。这些灯塔高大，在青山绿水中醒目，成为沿岸一个个可供观赏的亮点。灯塔夜间采用太阳板蓄能供电，发光体是光度极强的LED(发光二极管)管，环保又节能。川江绝壁上，前人曾用木杆悬挂煤油灯做航标，回想起来，那过程充满艰辛、酸楚。

轮船每经过一个村落小镇，我很想知道它的名字，几次问了服务员，都不知道。川江沿岸，我只看见“万州武陵”几个大字树在一处高地。沿岸的中国首批历史文化名镇西沱，其“云梯”被称为万里长江第一街，以及被誉为“江上明珠”的全国重点文物保护单位石宝寨，可能是太有名了，不屑树名。而那些默默无闻的小镇，是不是可以树个名牌，告诉旅行者到了哪里？

我也真是不知到了哪里，大约离开忠县后两小时，夜幕快要拉下的时候，突然一只展翅的江鸥从舷窗闪过。我抓起相机追了出去，一群欢腾的江鸥紧跟在船尾盘旋、翱翔，时而近、时而远，螺旋桨掀起雪白浪花翻腾，碧蓝的江面留下两道长长犁浪，多么和美的画面啊！我激动地一次次迅速按下快门。江鸥没有追随我们轮船同行，渐渐地离我越来越远，变成一个个黑点，然后消失在雾茫茫的江上。

从忠县到长寿，我一直独享清静。夜里停靠长寿后，一下子拥进五个大人两个小孩，顿时闹热起来。他们本来买的四等舱船票，快到终点港了，服务员不愿另开已整理好的舱室，安排到我这间空着铺位的二等舱。铺位宽度大约只有八十厘米，佩服这七个人睡在三个铺位上。有个下铺，居然挤了两个大人和一个小孩。但他们都睡得香，挤着三人的铺位上中年男人鼾声如雷，也没把他们吵醒。我一夜似睡非睡、似醒非醒。

23 日凌晨五点多钟，轮船到达终点港重庆朝天门码头。舱

忠县石宝寨 （汪昌隆摄于 2006 年）

室热闹起来，中年男人最先起床，叫醒女的不要再睡了，早点回家。接着又唤叫小孩，小孩哭嚷着不愿起来……然后是每个人洗脸、上卫生间……折腾了大概半个多小时，终于出了舱门。我本打算等他们走后，睡到八点才下船，经这一吵闹，睡意全无，也只好下船登岸。

站在朝天门广场，环看两江三岸，山城重庆仍在蒙眬睡梦中，虽然眼前的公交车已经开班，交巡警平台的警灯闪烁着一夜未眠。

再见，重庆港！川江，天天见！

后记

旅行结束，回到家后许多天，心里一直空空的，总觉得少了点什么。

记得也是1980年，冬天，我第二次乘坐轮船，去万县市拜访《万县日报》副刊编辑。为省钱，我买的散舱票，也一夜没睡。尽管当年我的文字在报纸上变成“豆腐块”的铅字也很难，但散舱让怀揣梦想的“文学青年”充满希望。现在，我的文字可以经常占据报纸一个整版位置，也可以坐二等舱旅行了，但始终感觉不一样了。

突然明白，很多东西不要轻易再去触碰，怀念和回忆更美好，这并不代表我们老了。

石头记

压重石

千里川江，重庆城位于中间偏上位置，嘉陵江也在此交汇。

一天，《今日重庆》记者晓娜 @ 我："陶老师，过去重庆上游的木船运货到重庆，要中转后再出川，都是船运，为何不直接运出去？"我解释，以重庆为界，分上川江、下川江，船工惯称上河、下河。船有帮，货有行，上、下河船帮的"地盘"约定俗成，互不相扰。连客商也如此，进川的洋货，出川的山货，都在重庆找商行采购。下川江属峡谷航道，水急滩多浪大，走船凶险，上河帮船工不识水性，船型也不一样，是下河帮船工显身手的地方。因此，重庆自古成为西部物资集散地。

我读到晓娜刊发的《老翡翠的重庆之缘》时，才知她并不是专写川江航运。二十世纪八十年代，一大批东南亚商人可谓抓住了时机，纷纷到重庆收购缅甸老翡翠，民间大量翡翠制品流失海外。重庆为何藏有这么多的缅甸翡翠？

几百年前，云南马帮常往来于腾冲与缅甸边境城镇，返程时，有时为平衡马背上货物的重量，顺手在名为雾露河的河边，捡几块石头压重。回腾冲卸货时，又顺手把这些石头扔了，有的被摔破裂开，人们意外而惊讶地发现里面竟是碧绿色的……另一个版本是这样：一马帮头子，有一次，无意中发现压重石裂口处有绿光反射，出于好奇，把石头砸开……反正，由“压重石”而发现缅甸翡翠的传奇故事，已被业内大多数人信服。接下来，腾冲加工的翡翠制品，经盐茶古道进入四川宜宾后，再顺江到重庆中转，然后又顺流而下，沿京杭运河北上京城。中转地重庆民间藏有翡翠，自然也就不奇怪了。

我还是有些疑惑，稍了解马帮历史的人都知道，他们运输路遥、艰辛，一路都是几十上百人，商行货栈早已备好货包子，不仅防散落、防潮雨，也考虑到了马背驮货的平衡问题。比如货物做成小包，左右添加方便；有的物品，在生产环节就制成了适应马驮的包子。所以，一般不需压重，更不可能随意捡几块石头，白费力气运这么远。倒是缅甸翡翠经重庆中转进京的过程，符合情理，可信。

尽管带有疑问，但“压重石”却引起了我的兴趣。川江上也有“压重石”，知晓故事的人并不多。

抗战期间，长江中下游航运中断，淮盐供销区的湖南百姓改食川盐。后宜昌又沦陷，川盐只好从涪陵乌江口上溯，水陆并运入湘境。民生公司开有渝涪航线，下水客班轮正好从重庆装食盐至涪陵。之前，只有少量百货可运，又属“泡货”，水流湍急，下水客班轮重心不稳，底层货舱需装沙石压重，以保持平衡，提防侧翻。返程时，有很多山货运往重庆，压重石要全部卸下来，是件麻烦事。装食盐既能压重，还赚得了运费，划算。

轮船重心不稳，真发生过翻沉事故。1945 年 8 月的一天，巴东驻兵调防到三斗坪，由民政轮承运。这船有两层，二层甲板只是半层，底层为货舱，扣合式舱门，不透气，不采光，不可载人。官兵一律拥挤在二层船舱，轮船因此上重下轻，重心不稳。也许船长认为航程短，只有六十多公里，又是下水，很快会拢，便冒险开航。过秭归九畹溪时，差点倾翻。船长担心出事，马上靠岸，劝说了一部分官兵下船。然后继续下行到柳林碛，船头遇回流水，船尾受正流压力，致使船体倾斜，二层进水。船长赶快又靠岸下客救船，不料船头触礁，倾翻沉没。

还有一次，是抗战中期，民熙轮在三斗坪装运军人及伤员，因大家急于想回到四川大后方，不听船员劝阻，纷纷拥上船，超载严重。同样，底层货舱空置，上重下轻。上驶二十多公里后，到达青滩，民熙轮需绞滩才能通过。施绞中，因船体重心不稳，向左倾斜，瞬间侧翻沉没，只有一百人左右获生，八百多人葬身江浪。遇难人数之多，不仅在川江，中国内河航运史上也属罕有。

两起事故原因都编入了《川江海事前鉴》，引以为戒。

1950 年，江发轮运钢坯入川，当时码头装卸设备简陋，轮船构造落后，笨重的钢坯很难下到底舱。江发轮便先在底舱装上沙石压重，再在二层货舱装钢坯，解决了重心稳定问题。

二十世纪五十年代，川江运力相当紧张，各轮船单位想方设法挖潜，多装货。民生公司在二战后，到美国和加拿大购买了一批退役登陆艇，改成货轮，用于川江航运。登陆艇也需压重，但不用沙石，底层设置有六个水舱压重。为增载货物，试着在两艘登陆艇上拆除部分水舱。通过试验，一艘可增载三百多吨，一艘增载货物达九百吨。最关键的是，符合航行安全技术要求。增载货物充当了“压重石”。

老船长陈胜利告诉我：“川江轮船后来都设水舱压重，沙石压舱受力不均匀。”

我问：“旅客在船上用的水，也是从压重舱来的吗？”

陈船长曾是川江大型客轮的船长，他介绍道：“是的。客轮上总共有六个水舱，前部四个，后部因有机舱，为两个。”他又解释，川江涨、退水变化大，要经常调节船舶吃水高度，需用水量来掌控压舱，从江中抽水很方便。如果用沙石压重，人工装卸，还要靠码头停船，麻烦得很，又耽搁时间。

1987 年，陈船长被单位外派到珠海，担任港珠高速客轮船长，得知远洋货轮也压舱，用的是铸铁件，外形像秤砣，但大得多，每块重几十斤。他听一远洋船的轮机长说，海洋风浪大，颠簸厉害，水晃荡，容易引起船体倾斜。铸铁“压重石”全世界通用，在各国港口可租到。

铸铁“压重石”不是新鲜事，隋炀帝的龙舟就用过。一千四百多年前，隋炀帝乘坐龙舟三次巡游长江，为显示龙的形象，船身建造狭长，又有四层，高宽比悬殊大，重心高，便用专制的铁饼压重。即在龙舟底层，密排桌面大小的铸铁件。这么大的铁件，想来肯定重，不易搬动。

几百年前，中国古人远航也是放石头压重的。我朋友去菲律宾旅行，在马尼拉港口的老街路面，发现有许多刻汉字的石头。导游介绍，这是当年的压舱石。远洋船返航中国时，如果受载均匀，就把一些压舱石丢弃了。这些凿打得整齐方正的石块，被当地人捡去，用来建房和铺路，便保存到了今天。

这么一细说，船舶的“压重石”真是多样，有沙石，有水，有铸铁，有食盐，有货物，也有故事，只是无传奇，更没有“碧绿色”。“空头非穴女儿到，令下有误王者来——安全。”陈船长用了一个歇后语回答，“我们跑船的人，只看重这两个字。”

去年，我参与纪录片《中国船谱》的部分摄制工作，群里有各方面的船舶专家，是个好机会，我@其中一位，咨询远洋船舶压舱的事，问题提了三四条。“远洋船舶都是抽海水压舱。过去小船用过铸铁件，操作原始。”专家的回答往往言简意赅。我不便过多打扰，自己上网查，进一步学习，这也是我熟悉新知识的习惯。远洋船舶用水压舱，技术本身没什么特别的，但派生出的问题——“生物入侵”，倒让我吃惊不小。

货轮出海前，在港口抽海水压舱。停靠下一港口后，视货物受载情况，则放掉一些海水，或再抽取一部分。国际海事组织统计：二十世纪末，全世界远洋船舶每年携带约一百亿吨压舱水往来世界各地，因此，每天至少有七千至一万种海洋微生物和动植物在全球流动。几乎每两个月，就会在世界各地发现一种新的“入侵者”。其实早在1908年，人们就猜测压舱水可能实现浮游生物的迁移，1973年，研究人员首次证实了这种猜测。

这个“压重石”故事，已超出故事范畴，变成了一道题。

石匠

“走船靠脑壳吃饭，那狗×的水，三分钟一个变化。”川江老桡胡子说，“你要认得到江中的几百个滩，记得到水里和坡上的几千块石头，才能在‘血盆’里找饭吃。”

这些滩和石头没有名字，也没有人去取，世代桡胡子随口“喊”出来：青岩子，岸上岩石嘴长满了青草；一石柱直立岸边，像木船桅杆，就叫高桅子；鹅卵石沙坝如一只筲箕反扣在江中，便是筲箕背……好记、好认就行。喊的人多了，成了川江的“名”，都留在了桡胡子脑壳里。

但有一处地名，却是航道勘测人员随机取的。

从1951年底开始，长航局全面勘测川江航道，精准绘制航行参考图。第二年春夏交季的一天，第三测绘队人员来到云阳县城下游约四公里的地方，这里乱石多，水势变化无常。完成测绘数据后，要找老乡打听地名，在测绘图上做记录。一般情况下，江中有木船过路，江边有洗衣服的女人，间或有舀鱼的老头，偶尔也有过渡的小划子和“打旱”的行人。奇怪，这天一个都没碰到。时至中午，大家又困又饿。

突然，半坡上一户儿人家传来呼唤：“向——石——匠——来给我打猪槽——”分明是一位妇女的声音，有点远，不失洪亮，甚至给人穿云裂石的感觉。领队脱口而出：“对！就叫这个名字：向石匠。”后来得知，这一带大部分人户儿姓向。

三年后，封面标注“秘密”字样的“川江航行参考图”内部刊印，“向石匠”作为地名正式编入。1958 年又刊印《川江宜渝段礁石资料》配套使用，对“向石匠”如此备注：“房子外陡形石棱之乱石包，漫后有花……”老船长陈胜利解释：这里岸上有高低不平的礁石，汛期被淹后成暗礁碍航。“漫后有花”是指这些石头被淹，水面会出现不正常的水花，我们俗语说“水面有花，水下有鬼”，就得注意安全。

三峡工程蓄水，“向石匠”完全被淹没江中。

过去，有不少石匠、抬工在江边“找饭吃”，他们大多数是当地或附近农民。自然航道时期，川江岸边裸露的岩石坚硬、纹理顺直，是又多又好的建筑石料。冬春水枯时节，不论坐船（轮船木船都一样，水枯江窄，离岸近），还是在岸上行走，都会听到“叮、叮、叮……”不停的錾石声，有时夹杂一阵胆粗气壮的抬石号子：“嘿呵！嘿！嘿呵！嘿……”

魏兄家里兄弟姊妹多，父亲冬天农闲去江边打石头，整整打了十几个冬。早出晚归，两头摸黑，中午在江边石缝里捡“水湿柴”，煮顿稀饭吃。下饭菜是炒过的盐菜，用搪瓷盅子装起，从家里带去。打石头挣的工钱绝大部分上缴队里，每天可记大工的最高工分，另外可落下点“活泛钱”补贴家用。河风如刀，吹得手背、手指皴口如麻，魏老伯每晚回家，都要到灶前把手烤暖和，再涂上蚌壳油。直到不打石头几年后，皴口才慢慢愈合。

听魏老伯生前摆龙门阵，打石头开山（破岩），拼的是一口气的活路，一上“堂口”，也就是站正确位置，绝对不可以“阴尸倒阳”的，哪怕再累再饿再没得精神，都要提起一口气，集中注意力。不然，非出大事不可。打大锤时，随时紧一下腰间的红布裤带，喊起号子，一锤一锤往楔子上打，不求快，但必须准。如果分心，重锤落下去，失去准头，轻则扭伤腰，重则失位摔残。有一次开大料，只需最后几个楔子下到位，二十多方的石料就开下来了。掌墨师傅亲自出马，上“堂口”后，下最后的楔子，十几锤下去，大料脱离母体，缓慢滑向岩下预定的槽沟。巨大的冲力撞击槽中石块，拉出道道闪光，同时发出闷雷般的撞击声，地也抖动了几下。江对岸做活路的人听到声响，看见了碰撞的火星，拉长喉咙，揪心地隔江喊道：“伤——到——人——没——得——”

魏老伯边摆，边低声喊起大锤号子来。我静静聆听，节奏较慢，没有乐感：

你呀哈 啊 呵嗬 呵 那
石王老爷一定要对直行
啦啊哈 呵哈 呵哇 嗨呀！
我打一锤(的)哼一(的)声
…………

魏老伯解释，从提起大锤开喊，举起并落下之时，喊完一句。

汪兄知道我在写石匠，微笑着送我一块石片："这是几千年前，川江老石匠打的。"

"石斧！"我接过来，惊讶道。

他点点头："三峡蓄水前，我在江边捡到的。"汪兄是个摄影家，常年行走在江畔、山野，主要拍摄古庄园、箭楼、寨堡，跑遍了三峡两岸。

我见过不计其数的石斧，都是在各地博物馆束射灯光下的玻璃柜里，现在终于可以握在手上把玩，任意翻转、细瞧，心里一阵激动。这是一块条形的二氧化硅石，青色，质地非常坚硬，斧刃两边一层一层打制变薄，痕迹明显。我轻轻抚摸，幻想与古人的亲近，似乎触碰到了先人强劲脉搏的跳动，正举起一块石头，朝另一只手中的石块猛砸下去……

考古院林研究员说："如果把古人比作石匠的话，一百万年的时候，川江边就有了'石匠'。"1978 年 7 月，重庆文物专家在江边马王场建筑工地，发现了六百多件旧石器时代的石器，送样到澳大利亚，经国际公认的最精确的方法检测分析，确定其年代约在距今八十到一百万年以前。作为“镇馆之宝”的一柄石斧，目前收藏在发现地大渡口区博物馆里。

石器时代作为人类历史划分的第一个时代，并以制造和利用石制工具代表人类发展的古代文化水准，“石匠”之称，名副其实。我回答林研究员：“古人不是石匠，是伟大的石匠！”

比如李冰。

岷江汇入川江口，古时有一个僰道大滩。僰道，川江“零公里”城市宜宾古称。滩中礁石巨大、嶙峋，是过往船只的一大障碍。公元前256年后的某一天，“石匠”李冰来到这里，决心打掉这些石头。他担任着蜀郡太守之职，应该是省长级的“石匠”。僰道大滩石质异常坚硬，铁锤、铁錾打下去，只留下白点。那个时候火药还没有发明出来。而李冰自有办法，之前修都江堰当“石匠”时，他总结出了一个“积薪烧石”法。

冬季水枯，礁石裸露，李冰运来大量树枝干柴，堆积在上面，点火燃烧。烈火熊熊，礁石在高温下膨胀，先用醋浸湿，使其层层剥裂，再继续烧，最后用冷水迅速浇泼。高温中的礁石突然遇冷，骤然收缩而爆裂、破脱，这样，再用铁器锤击、凿打就容易了。按这种方法，多次反复进行，露出水面的礁石被凿平，航道通畅起来。

李冰一直在川江流域当“石匠”治水，最后积劳成疾，累死在川江支流的支流石亭江工地，并葬于此处山上。后人尊其为“川主”，在各地建庙纪念。

一千八百多年后，明天启四年(1624)，也有两个“石匠”仍“烧”石，凿打青滩巨礁。一个名乔拱璧，湖广行省按察使，一个叫杨奇珍，归州知州，他俩算副省级与厅级“石匠”。青滩为三峡险滩之一，多次岩崩而断航，最长一次前后竟长达八十二年。虽然这时候发明了火药，但还没用来打石头。乔、杨两位“石匠”大人这次不再用“薪”，改烧煤炭，体积小、火力大、燃时长，发出的热量更大。烧石的方法也变了，先在石头上凿孔洞(可能没有僰道大滩的礁石坚硬)，把煤炭堆在洞里烧，集中热量，从内攻克。后面的方法与李冰相同。

“石，格也，坚捍格也。”《释名》如是说。译成白话：“石，得名于‘格’，坚硬牢固。”川江石匠性格亦如“格”，以“格”攻石。

现在的川江边，很难再见石匠身影。

石名

川江的石头，名字不一定都叫“石”。比如滟滪堆，称“堆”，而它确确实实是石头，一块像小山的大石头，矗立在瞿塘峡夔门前的江中，高出水面二十六米，长四十米，宽度不规则，十至十五米，体积达九千五百多立方米。当然，也不是一直都这么大，随江水涨落而变化。因此有了行船古歌谣《滟滪歌》：“滟滪大如马，瞿塘不可下；滟滪大如猴，瞿塘不可游……”读过高中课文刘白羽《长江三日》的人，都会朗诵几句。

每年冬春枯水月份，滟滪堆显露江面，远看如马如象如牛大小，江流被阻挡后向四面扩散。船到这里，不识水性的驾长想远远避开，哪知紊乱的漩水或回流往往改变其航向，正好撞上去，顷刻间粉身碎骨。川江夏秋汛期，滟滪堆或潜入江中，或冒出江面如龟背，波浪滚滚，水泡重重。南宋诗人范成大形容为滟滪撒发，正张开血盆大口，吞噬行船和桡胡子。每当这个时候，自古衙门都派河差监管，不准船家冒险航行，如《滟滪歌》里唱道的“滟滪大如鳖，瞿塘行舟绝”。

千百年来，滟滪堆制造了无数的血与泪，川江桡胡子只有一个办法：在江里沉牛祭神，在岸上修庙拜神，祈求神灵保佑行船安全。1959 年 12 月 12 日，川江航道处工人用三千五百公斤炸药，炸掉了滟滪堆。从此，夔门前再无“堆”。

从古至今，不乏诗文描述滟滪堆的险象环生，李白、杜甫、白居易和陆游、苏辙、范成大以及郭沫若、贺敬之、邓拓……留下大量绝句佳章。杜甫和白居易亦在多首诗中吟唱其凶险。

也有文人作过另一种吟颂。唐代诗人刘禹锡曰：“城西门前滟滪堆，年年波浪不能摧。懊恼人心不如石，少时东去复西来。”借喻滟滪堆的坚忍，斥责外出的青年人情感不坚定，易变。

最另类的要算现代学者、《辞海》第一版主编舒新城，带着文人的天真与浪漫，1924 年 10 月路过奉节时，在日记《夔州一宿》中写道:"……它峙立江中,昂首天外,好像富有闲情逸致的诗人在那里赏玩山水,找寻诗料。我想;我若能在堆上建一小屋,把所有的书籍都搬上去对着青山流水阅读,暇时垂钓荡舟……最少亦可将我脑中所有的尘俗思想涤清……" 他甚至"预备雇船去访滟滪堆",结果轮船茶房一句"恐怕你去了不得回来",才打消念头。这是我知道的唯一把滟滪堆当世外桃源描绘的人。

川江上叫"堆"的石头有很多:铜钱堆、牛屎堆、毛狗堆……堆,很多石头累积在一起;石头大,像小山。如毛狗堆,过去江边常有毛狗(狐狸)出没,乱石又多,故名。而滟滪堆就似小山。

川江上有的石头还叫珠、梁、浅、碥……石牌珠、喜鹊梁、黄浅、癞子碥等。《川江航道水文》中解释:珠,河床中孤立突起的礁石,在一定水位露出时形似一颗颗珠子镶嵌在河面上;梁,河床中形体较长而不宽、中脊凸起的礁石。书中没收入浅、碥,我在地方航运史志中查到:浅,水中较浅的暗礁,枯水时容易擦碰船底;碥,急流之中斜着伸出来的险峻山石。

在西陵峡下段,南岸的扇子山脚,有一块椭圆形的巨石,像一只张大嘴巴、鼓起双眼的虾蟆,面对大江,竟然背脊上还有许多疙瘩,简直就像是真的一样。巨石被称为虾蟆碚,至少在北宋中期,这名字就有了。宋景祐四年(1037)春,欧阳修作有诗《虾蟆碚》为证。然而这"碚"字,却很难理解其意。川江航运史志及资料上都没有解释,古字典《说文解字》《康熙字典》,以及方言字典《蜀语》《蜀方言》均没收入。只是《辞海》有简单释义，用于地名。重庆有北碚。欧阳修《虾蟆碚》自注云："今土人写作'背'字，音佩。"

"碚"虽不解，但"石"有故事。虾蟆碚后有一个岩洞，流出一股清泉，经虾蟆背脊流入它口中，再如水帘子一样散落江里。古人舀这泉煮茶，誉之天下第四水。很多人及文字，普遍把这话当成唐代茶圣陆羽所说，我查遍其《茶经》，没见到。后在唐代三元及第的诗人张又新《煎茶水记》里找到出处："峡州扇子山下有石突然，泄水独清冷，状如龟形，俗云虾蟆口水，第四……"南宋诗人范成大又在《吴船录》中写道："蜀士赴廷对，或挹取以为砚水。"意思是，四川的读书人上京赶考，取"虾蟆口水"去磨墨。

巫峡里，湖北与重庆交界处地名"碚石"，碚用了，石也用到。三峡库区蓄水前，此处可见一石梁，斜插入江。

"涨水月份，石梁大部分被淹了，冬天才退出来。"老船长陈胜利说，"二十世纪七十年代初，我在拖轮上工作时，有个大年三十在这里抛锚夜宿，目的是停下来喝酒吃年夜饭。我曾沿乱石堆上了岸，看见石梁壁上有些凹洞，有两个里面有'人户儿'。当时我想，可能是舀鱼，或者以江为生的人临时住一下。"

我说："这里小地名叫碚石，但行政名称却是'培石乡'哟！"

"我们平时也喊'péi'石，航道图上标的是'碚石'。"陈船长回答，"好多人认不到'碚'字，就读别了。"

陈船长说出自己的见解："川江上有很多叫'背'的石头，黄

虾蟆碚后岩洞,有清泉流出。（[瑞典]安特生摄于 1937 年）

腊背、冷水背、捞鱼背、慌张背……和碚石差不多,可能‘碚’就是‘背’,只是每个地方的风俗习惯不同,喊法不一样。”陈船长列举的“背”石,是一些平缓的大石包,真的如背脊。欧阳修诗里也题注:“今土人写作‘背’字”。清末监察官员洪良品游记《巴船纪程》中又说:“碚,一作背。”

陈船长没读过这诗和游记,却和古人的见解相同。他笑笑说:“这些石头碍航,要认得到才行。走船久了,就熟悉了。”接着他又告诉我,西陵峡中,退水后,沙石坝上有时可看到一堆怪石,表面疙疙瘩瘩的,还有一些窝窝儿洞洞儿,外形像一坨脑花,名字大田脑、沙罐脑、千金脑、饭甑脑、狮子脑等等。他强调,只是这一带才喊什么脑,奉节、云阳以上叫“龙古石”。还有,那些什么“珠”的江中孤石,也只是西陵峡一带才喊。

反正石头无言,怎么喊都无所谓。

逢农历四月十九日为成都“浣花日”,旧俗,市民结伴漫游浣花溪畔。康熙年间,城里的妓女们这天也要放假,出城游玩一番,但经过江桥门(俗称南门)外沼城时,她们必须祭拜此处一块石头后,才敢过去。这石头不是很大,直径三米多。至于何故拜石,史料上没交代,不得而知。但说良家女子都要避开这条路走,耻于看见这块石头,并呼之“臭石头”。

浣花日为纪念西川节度使崔宁之妾任氏而设。唐大历三年(768),崔宁入朝奏事,泸州刺史杨子琳趁机攻打成都,任氏拿出数十万家财招募士兵,击败杨子琳,被朝廷封为冀国夫人。传说任氏原是西郊一溪边农家女，有一天，一个满身疥疮的僧人化缘路过，穿的袈裟又脏又臭，任姑娘帮他清洗。当她在溪中浣衣时，手一戽水，便漂起朵朵莲花，霎时遍布河面。后来，溪得名浣花溪，任姑娘被大家尊称浣花夫人，并确定农历四月十九日她生日这天为浣花日。

可是，江桥门外的臭石头却无“浣石公”清洗。

三峡石

每年季秋之后，三峡库区蓄水，宽阔的江面碧波荡漾，天空湛蓝，构成水天一色的景致，又与两岸青山相融，美不胜收。我时常站在滨江路上，久久凝望着那一湖碧蓝的江水……

曾经，江边随处可见的鹅卵石，摆在万县码头夜市的小摊点售卖。鹅卵石红、白、黄、绿、青……五光十色，每个用小盒盒儿包装，透明塑料盖罩着可见，带天然纹路，像云、像水、像船，或各种人物、动物等。当然，图案要发挥自己的想象力。顾客大都是从夜宿江轮上下来闲逛的外地人，摊主耐心地教他们辨认。带纹路的鹅卵石两三元一块，高的卖到七八元，有点贵。小摊上，最普遍的是纯色无花纹鹅卵石，要大一些，手工寥寥几笔，在上面勾画出一个古代读书人，兰草、渔翁、帆船等，写上“勤”“思”“顺”“拼搏”之类的文字。价格相对便宜得多，一只几角至两三元不等，画得特别好的，大的，可卖到五元。不管哪种，卖出去最多的是中低价位的。这是二十世纪八十年代中期的事。

这些鹅卵石被赋予了一个好听的名字:三峡石。小小的三峡石,当年是万县市一项重要的旅游产品,不少家庭靠它“吃饭”。

虽然江边随处可见,但我从没去捡过三峡石。狠下心,花两块七角钱,买了一块送给初恋女友阿艺。这价格比我回云阳的船票还贵几角钱。三峡石上的纹路像船,摊主帮我们选的,说象征“一帆风顺”。也不知阿艺的三峡石还在不。

上海《萌芽》杂志原小说编辑林青,曾在《新民晚报》发文回忆,1991 年出差到万县,三峡诗人柏铭久陪他逛夜市,选购了一块别致的三峡石送给他。几十年来,逢冬末初春,他都把三峡石放在水仙盆里,伴随水仙球茎抽叶开花。

1992 年初秋,我第一次游大宁河小三峡,船靠大昌古镇码头,一下子拥上来十多个小孩,多是女孩子,手端一只大碗,或捧起小盆, 里面用清水透着五彩的小卵石, 嘴里不停地叫卖:“叔叔、孃孃,买颗三峡石吧!”“哥哥、姐姐,这三峡石好看哩,买一颗嘛!”大宁河到处是卵石滩,这些小卵石直接从河边挑拣,现炒现卖给游客。虽然比万县码头夜市那些色彩更艳,但没经过包装和修饰,太原始简朴了,基本没人买。那个时期,穷怕了的老百姓还没有原生态这个概念。这些小孩也不缠着游客兜售。

逛完古镇，我们回船的时候，一个短发圆脸的小女孩，一手端碗，一手拿着一颗三峡石，递给我前面的女士袁萍，说：“大姐姐，送给你！”袁萍原是文工团的演员，转行到我们单位的。她没接，也没停步，只放慢了步伐，有点奇怪地问：“为什么要送给我啊？”

小女孩毫不掩饰：“你长得最乖！”袁萍脸上乐开了花，停下来，接过小卵石。旁边其他小孩见状，也争着送给袁萍三峡石，说：“欢迎再来小三峡！”我走在她后面，也得到一个小男孩送的一颗：“帮我们宣传，让更多的人来玩！”同行的人好奇地围了过来，也都先后得到一两颗相赠的小卵石。我们被小孩们的纯朴所感动，有人说了一句：“袁萍，送一首歌给他们嘛！”

于是，古镇小河边，飘送着清脆美妙的歌声：

…………

小背篓，晃悠悠

笑声中妈妈把我背下了吊脚楼

…………

小孩子们听呆了，一动不动地在石堤上站成一排，目送我们上船。小船随歌声慢慢离岸，他们又突然想起来，纷纷挥舞着小手。

我身边有很多收藏三峡石的朋友，三峡工程蓄水前至第二期蓄水始,他们跑遍库区河滩、碛坝,寻找中意的石头,用编织袋背、用小车拉,最多的搬回家几十吨,专门租房子装。石面的斑斓纹饰如同一幅幅印象派绘画作品,赭色古怪符号恰似远古岩画……一块形状怪异的石头,朋友说是“结构石”,像极了一个刚出炉的“汉堡包”。大自然也调皮,竟然造了两节“狗屎”,我不愿摸不说,甚至还有点厌恶。

朋友像当年夜市小摊主一样，不厌其烦地拿出一个个宝贝,给我讲解,这像什么、那像什么……都一一取了名字,并搁置在仿红木的底座上,很是满意的样子。

突然,我没有了兴致。一块块活灵活现的三峡石,被他用几个字就版筑在“格子”里,而这“格子”又未必适合它们。俗气的仿红木底座更是“如鲠在喉”。

除了鹅卵石,三峡岸边的岩石也称三峡石。它们千姿百态,有的像瀑布、像书卷,有的像龟、像鹰,像武士的铠甲,像成熟的庄稼地,像躺着沐浴阳光的丰腴女人……给人惊艳之美。如今,它们随三峡工程蓄水而沉没于江中。

2017 年,重庆一家出版社为这些岩石出版纪念画册《永远的三峡》,邀我配文,我愉快接受。岩石一束一束在夕阳下飘卷,而每一束又似层层轻纱,我配文“金幔飘舞,旋律流动”;凸凸凹凹并圆润光滑的岩石,一堆堆散漫地摊在江边沐浴阳光,配文“丰腴之美,坦坦荡荡”……

我最喜欢的是一幅“纤夫石”图片,一块有棱有角不规则的

巫峡纤夫石 （汪昌隆摄于 2002 年）

石灰岩石，被纤藤长年摩擦，中间留下三道深深的痕槽，配文适合写实：“岸边岩石纤痕有多深，桡胡子肩上老茧便有多厚。”

除这种纤痕石外，三峡纤夫石还包含“纤桩”“牛鼻石”“篆眼石”。

桡胡子用力拉纤，纤藤绷得又紧又直。但河道有湾，人可走弯路，纤藤走不了。在湾点立一截圆石柱，纤藤担在柱身，作为折点，纤藤就走了弯路。桡胡子称这为纤桩。久而久之，桩身满是深深浅浅的槽痕。

三峡里有许多各式各样的纤桩。川江水流湍急，桡胡子拉纤时，遇到紧急情况或体力不支时，便把纤藤拴在纤桩上，可稳住船只。瞿塘峡东出口下约十二公里处，地名三缆子，这里滩水甚急，上水船拉纤至此，桡胡子想歇口气，但岸上无法拴系纤藤。有一年，当地一乡绅在这里立了三个石桩系缆，便有了这个地名。1881 年，归州乡绅李询，在西陵峡泄滩上面的拉纤坝，用花岗石树起两排柱子，把纤藤在柱上拴牢固，另一头放于滩下木船，船上设木绞盘，推动绞盘上滩。这种办法省力，称行缆。木船下水过滩时似飞，也把纤藤拴在柱上，慢慢吊放下去。这方法叫放吊。

不适合立纤桩的地方，桡胡子就在岩石上凿打一个孔洞，也可拴上纤藤“行缆”“放吊”“歇口气”。船工喊石孔洞“牛鼻子”，如牵牛，形象。

明朝人文地理学家王士性，在《广志绎》卷五中有一段文字，意思是，川江船工点篙竿的技术比百步穿杨都厉害。船顺流而下，速如飞，眼看就要撞上岩石，只见他用篙竿一点，船就迅速避开了。如果稍有闪失，顷刻间撞得粉碎。全船一百多人的性命，都掌握在他一人身上。文字中的“点篙竿”和“用篙竿一点”，是指用力将篙竿戳向江中或岸边的岩石，把船撑开，才不至于撞上去。篙竿前端箍有铁尖，日复一日，年复一年，岩石上被戳出密密麻麻的孔眼。这就是纤夫石中的篙眼石了。

有人比喻纤夫石是三峡的魂。我补充一句：鹅卵石则是川江的小精灵。

三峡工程快蓄水了，我时常在岸上徜徉、盘桓，也彷徨。看见有人把岸边的纤夫石一个个弄走，动了心，也想收藏一块。他们告诉我：“八百元一个，纤痕少的三到五百。”

看着一个个好像桡胡子身躯的圆石柱，那道道凸凹的槽痕又似根根肋骨，让我花钱买下，心里不是滋味，只好放弃。但一直有点遗憾。

初春，我来到三峡库区国家级生态镇武陵，他们拟建“三峡奇石馆”。同行的三峡赏石协会原会长何佳女士，感觉预备场馆比较小，放置不下他们那些“宝贝”。我建议道：场馆再大，也不要把三峡石都束缚在一个固定的空间，让其“活”起来。这里有一个因三峡库区蓄水形成的巨大天然江湾，是端午龙舟赛训基地，江湾东面的消落带为一大片青草缓坡，如铺就的绿茵场，而且水与岸交叉错落有致，把三峡纤夫石和一种川江奇特的礁巴石点缀其间，自然与人文结合，岂不是最好？

其实我有点“私心”，这样可以常去看看纤夫石，化解我心里的那点遗憾。

牛志

一

我们下属一个食品站，接到当地区公所财贸教导员的电话，让他们去几个公社收购淘汰牛，然后运到县食品公司屠宰场。我们行业术语称这种牛为菜牛——老残牛不能耕地了，经批准后，允许国营食品公司宰杀，供应居民。

那时候的人很少吃牛肉，我们公司几乎没自营过菜牛，曾经少量收购过，都调拨给几家姓沙的回族居民了，或者把收购指标直接批给他们。下川东一带县城的牛肉买卖，过去一直都是回族人在经营。因此，屠宰场的杀猪匠面对这几头菜牛都不知怎么动手。场里有个绰号袁老瘪的临时工，大约五十来岁的样子，瘦筋筋的，很有气力，每天清晨负责从屠宰场挑鲜猪肉到零售门市。他是场长同乡，以前见过杀牛，场长说让他来试试。

这几头菜牛是黄牛，杀猪匠何胖子从圈里牵出一头，来到宰场。袁老瘪双手背在背后，右手提了一把二锤，慢慢走过去，靠近牛头。突然，背后黑光一道，挥起的二锤重重落在两只牛角间的顶眉心处。只见牛的双前肢向前一弯，悄无声息地趴下，一下子瘫倒在地。手拿杀猪刀的何胖子朝牛颈项猛地捅去……

袁老瘪站到一边，嘴里不停地嘀咕着什么。我走过去听清楚了："你不吃来我不杀，你不牵来我不宰……"第二天，听说他辞工回乡下老家了。好在何胖子已看会，剩下几头菜牛都是他宰杀的。

几年后，我们公司经营的菜牛多起来，大部分用机动船装运到重庆、武汉、南京一带，调拨给当地国营食品公司。而屠宰场留下的菜牛，宰杀方法变了，不再用二锤。何胖子学了一种"大开门"的杀法，说是这种杀法牛肉品质好，卖相也好。

"大开门"需要几个杀猪匠一起动手。用绳子绾成活结，大致套好牛的四肢。两个杀猪匠手抓绳头半蹲着，其中一个喊"拉"，同时猛地用力，牛咚地倒地。另外有人配合，迅速绑好牛的四蹄关节，使其完全不能动弹。这时，仍然是何胖子，手拿快刀，呼地割破牛喉咙，再顺势一圈，几乎把整个牛颈项都割断了，只剩颈椎骨还连着。那血呼地喷出好远，伴着昂昂的叫声，是从气管里发出来的。

二

“牛为耕稼之本”，自古不能轻易宰杀。1957年，四川淘汰老残牛，制定了严格的审批制度。先经生产队社员大会表决通过后，由大队、乡政府报区公所查验，最后县人委批准。并统一印制“耕牛淘汰宰杀证”三联单，交乡政府审查填发，其中一证随牛走。屠宰前，对牛要进行胎检，如果怀了崽儿，马上停止宰杀。1980年的时候，有个生产队从外地买回来一头水牛，发现牛腿上长了寄生虫。为防止传染给其他牲畜，大队、公社、区公所，一级级上报，后经县革委批准，由公社武装部派民兵击毙了这条牛，并深埋土中。

二十世纪五十年代，川渝东北部三县交界处的三汇口正修水库。有一天，工地旁的村子突然来了几位公安人员，生产队的一头水牛死了，被人割了舌头，接到报案，前来侦破。查来查去，最大嫌疑是放牛娃儿作案，认定他割来吃了，被抓起来，后来坐了几年牢。事情就这样了结了。没想到三十多年后，真正吃牛舌的人——水库工地文书万××，自己摆龙门阵时说出了当年的秘密：吴××来工地做饭，为喝他的泡（喝泡，讨好之意），看见坡上有一头正吃草的水牛，趁放牛娃儿不在，悄悄把牛舌头割下来，炒给他吃了。几十年后道出实情，是无聊闲扯，还是良心忏悔？不得而知。当事人有名有姓，虽然已死了十来年，我仍隐去为妥。

“万××是我老辈子,不便斥责。”当时在场的一个晚辈听了,只觉心头一怔,“吴××真是‘作哈孽’。”过去在民间,老百姓一般称做事无良心为“作孽”,而说“作哈孽”,则指又无良心又违背常理之意。

三

小牛儿满一岁后学犁田。老一辈留下经验,一年中,只有农历八月和腊月的初八、十五这四个日子才可以开始教,连教三天才算数。民间称这为“破枷”——牛颈上挎着弓一样的枷担拉犁。黄牛颈背有峰包,挎得住拉犁的枷担,教它扬头看路。水牛后颈挎不稳枷担,必须教它看路埋头。连教三天后,什么时候再教,随主人安排,接着或断断续续教都可以,起码要教上两三个月时间,牛才能完全熟练地犁田耕地。

开始教的几天里,天没亮就牵牛出圈,不管是否下雨,人须戴斗笠披蓑衣。等它习惯了,再脱下。正式犁田的日子难免落雨,特别是开春后雨水多,如果牛突然看到斗笠蓑衣,容易受惊吓。不过清明到谷雨的这十多天里,最好不要让牛淋雨,看到要下雨了,赶紧牵回去。老一辈的说,牛在这段时间淋了雨,很伤身体,又易长牛虱子。

我读小学时,班上同学陈志坚家里给生产队养牛,每天计工分三分半。虽说不到一个女劳动力一半的工分,但不管天晴

牛 （汪昌隆摄于 2003 年）

下雨、打霜落雪，天天都有。所有收成凭工分分配的日子，要和队长关系好，才能得到这个活路。因此一家人十分高兴，精心喂养。陈志坚每天放晚学回去，还要给牛割一背篓青草，给它当“夜宵”。突然有一天，这牛却得病死了，他老汉儿吓得不轻，害怕怪罪破坏集体生产。队长来家查看，并没看出什么问题，认定属病死，向大队报告后，派人挖坑埋了。陈志坚悄悄告诉我，那牛不是得病死的，身上长虱子，老汉儿用农药擦，水里药放多了，被毒死的。前几天，我给薛老伯摆起儿时这事，他说，牛身上擦药毒不死，应该是擦到它回头可舔到的地方，被“闹”死了。闹为土话，指毒从口入。

薛老伯懂牛，十岁开始给生产队放牛。牛犁田中途要“打幺站”（吃草），上午十点，下午四点左右，扶犁人顺便吃烟（歇稍）。那时还是放牛娃儿的薛老伯趁机学扶犁犁田。扶犁人也懒得管，尽管让他去整。有人帮忙做活路，工分记在自己头上，何乐而不为？薛老伯学犁田，也是为工分。扶犁是技术活，十三分，全队最高。

四

二十一岁时，薛老伯已是扶犁的好手了。原来的扶犁人老了，队里的四十亩田地都交到他手里，耕作不过来的时候，才去别的生产队租牛。除了栽秧到挞谷子的几个月，其余时间不是犁田就是耕地，薛老伯每天挣十三分。集体时，统一上工放工，两头黑，很少有时间做自留地的活。牛“打幺站”时，薛老伯还可以跑回去做一会儿私活。

队上的记分员是薛老伯堂哥，眼红得很。有一天，他给薛老伯说好话，试着扶犁，也想挣高工分。看到牛在使劲儿，犁头却不往前移，堂哥用鞭子不停地吆打，结果犁把被弄断了，仍在原地。堂哥没掌握好深浅，浅了犁头飘，太深牛拉不动。队上派来整田坎的杂工，天天配合薛老伯，自认为看都看会了，也来一试。那是一块冬水田，谷子割了稻桩还在，正好犁在桩根上，犁头一动不动的。杂工一个劲儿用鞭子抽，这是一头水牛，被打发毛了，碰撞过来，一只角穿过他右大腿，把整个人翘了起来。薛老伯吓慌了，迅速扯住牛绳，救下杂工。

牛撞人称打人。打人的牛都是公牛，公牛又称牯牛，因此民间叫打人牛为“打牯牛”。水牛打人，用头横起碰撞。黄牛打人，头直擂。教牛或犁田的时候，对打人的牛，要找到其弱点，把它打痛，就听话了。一般的人抽打它的背，皮厚，根本不起作用。它的痛处在角根周围，要用木棒敲打它的角。薛老伯教过六头小牛儿犁田，有很多经验，说牛总要服一个人。有一次遇到一头性子烈的“打牯牛”，他在木板上钉一排铁钉，穿透木板，露出钉尖的一面朝里，挂在它两角之间。它一撞，被刺痛了，以后自然就不打人了。薛老伯说，也可以安撑筒防撞。用木棒和竹竿都行，一头钻眼后拴挂在牵牛绳上，靠近它鼻子的位置，另一头人手握着，它打人时迅速撑住牛头，不让其靠近。撑筒前头可削尖，或安一颗皂角刺，首先戳痛了它鼻子，就规矩得多。

多年前，青山村徐家院子喂有一头经常打人的大黄牛。有一天，天还没开亮，家里起来做早饭的人先去喂牛草，惊呼大黄牛不见了。当家人分析，偷盗的牛一般不敢卖给附近人家，晚上牵着也走不了多远，买牛又要一笔大钱，一时难出手，卖给宰场的可能性最大。于是，徐家派人跟着牛蹄印寻找，进出只有土路、小路，容易发现蹄印。终于，在县城东河宰房找到了大黄牛，拴在柱子上的，没来得及杀。它看见主人去了，直流眼睛水儿。偷牛人也在，正等着拿钱。他是在徐家打点工的一个“老烟鬼”，大概没钱买鸦片了。大黄牛牵回去后，从此不再打人，变温顺了。

望天包堰塘里边的老吴家，农历五月初的一天请人骟牛，牛挣断绑它的绳子，跑过几块田，停在了一个半坡上，但只要一有人靠近，它马上又开跑。吴家人不敢再追，前面是大沟，生怕它掉下去摔死摔伤。这时，同村的王日白正从牛旁边的小路经过，只见他走到牛跟前，拍了拍它脑壳，说：“跟我回去！”说着，便抓起牵牛绳。当真，牛很听话，乖乖地跟他回到了吴家院坝。接下来骟牛也很顺利。骟牛匠简直不相信自己的眼睛，神了！王日白使了什么魔法？拍一下牛脑壳，它就听他的话。

王日白是乡间草药医生，又医畜牲又给人看病。头一年的大热天，老吴家这牛得了一种“扑地黄”的病，倒在地上。说牛得了这病，鼓眼望天，会天旋地转，很快就要死掉。吴家主人站在王日白屋后坎上，急抓抓地呼喊："王日白，快来救一下我的牛！要死了！"

赶到吴家，王日白首先脱下自己的汗衫，把牛眼蒙起，说它看不到天旋，地也就不转了。然后打开布包裹，抽出亮光光的长针，在牛舌头、耳朵、背脊、尾巴上各扎一针，放出乌黑的血来。这称打冷针。没多久，牛慢慢站了起来。王日白叫吴家人用瓦钵装了一碗豌豆，喊几个在旁边看热闹的细娃儿，每人屙一泡尿在里面，端给牛吃。临走，王日白提醒吴家人，不要忘了扯牛马藤、鱼钩草、大血藤、水麻叶等十多种草药，熬水给牛灌下去。牛得的"扑地黄"病，其实是因劳累而中暑了。

王日白的汗衫蒙过吴家牛的眼睛，救了它命，牛闻得到他身上的汗臭味。

五

教小牛儿犁田之前，在它八到十个月大的时候，先"穿牛鼻子"——在它两个鼻孔隔中间穿过一根手指粗的绳子。这是它最敏感的地方，一拉就会疼痛，才听使唤。从此，一生都被牵着。

穿牛鼻子时，把牛的四肢和头绑住，或把它整个身体绑固在木栏上，用一截削尖的细竹管儿，中间穿一根细绳，手摸到它鼻孔隔中间一个很薄的地方，呼地一下硬戳破，绳子一头绾疙瘩留下，退出竹管儿。等一个月后，牛鼻孔蹭大了，再换粗一点的绳子。这是办蛮的方法，牛哞哞直叫，血从鼻孔一点点往下滴。温柔一点的，用布遮住牛眼睛，用一根长铁针，在火上烧红后擦抹桐油，铁针尾端系着细绳。火烧铁针是除锈，桐油有消毒镇痛的作用。

薛老伯穿牛鼻子分两步。他说，牛力气很大，但怪得很，只要把它头向上提起，就浑身无力一样，任你摆布。他专门做了细长的铁针，擦酒消毒，针眼穿一丝麻，后面系一绺女人的长头发。针和麻穿过牛鼻孔隔后，让头发留在穿眼中，并绾结在牛鼻上。然后，穿眼因留着头发会慢慢溃烂，十多天后结痂，有了一个小洞，便可以穿牵牛绳了。面对牛，左手捉牛鼻，右手拿绳子穿过小洞，不能弄错方向。牛犁田时，让它转弯，都用牵牛绳示意。拉绳，表示往左。向右转，提起绳子拍打牛肚子。

县城南门口江边，有个长年倾倒垃圾的灰堆子，不知什么时候起，灰堆顶上一块小坝子成了猪崽和耕牛买卖场所。有一天，外公和生产队长、会计坐木船来县城，到灰堆子给队上买耕牛。刚到灰堆子，好像遇上一个熟人，带他们径直走到一头大黄牛跟前。一个比我大三四岁的男娃儿牵着牛，闷闷不乐的样子，旁边站着两个大人，笑着和外公他们打招呼，递香烟，然后互相交谈起来，还不时指着牛说什么。我听不懂，也没兴趣听，就在坝子四处看牛和小猪崽儿，直到外公扯起喉咙喊我。

回到他们跟前，看来生意做成了，大黄牛已由外公牵着，都有说有笑的。只是原来牵牛的那个男娃儿仍苦着脸在一边。突然，他几步跑过来，抓住外公手里的牵牛绳说：“这索子不能给你们！我爷爷说的！”大伙儿被这娃儿突如其来的举动愣住了，你望我，我望你，不知怎么办。

外公开口了：“卖牛不卖索子，这是老规矩。”

“对不起！对不起！”对方其中一人马上赔着笑脸，指着男娃儿说，“他是放牛娃儿，舍不得牛，硬要跟着我们来。”

好在灰堆子上有很多稻草，猪崽儿笼垫窝用过的。他们捡来一捆，几个人动手，不一会儿，搓了一根草绳，临时救急。放牛娃儿亲手换下原来的牵牛绳，一根编得扎实的麻绳。

六

牛是重要的农业生产工具，价格昂贵。我父亲当年是县城一个局的股长，一年的工资都买不到一头牛。俗话说，人上一百，形形色色。其实牛也是，每条习性不一样，不是内行的人，不了解，也看不出来。比如打牯牛，卖之前，给它嘴里硬灌桐油，或把烟叶骨头（叶脉）和七星椒一起舂茸后灌进它鼻孔，被闷或呛昏了头，你还以为是温顺。有些牛性子惰，犁田时慢腾腾的，你肯定不会买。但之前给它灌酒，看起很有神，你就受骗了。买牛不能像买猪买羊那么随意，里面学问大，一般请懂行的中间人帮忙。

外公他们那次买牛，刚到灰堆子时，我以为遇上了熟人，其实是中间人，民间称“牛偏耳”。过去在牛的买卖过程中，双方互不交谈，全由中间人传话，对着耳朵说悄悄话，市场嘈杂，声音小，偏着耳朵凑近才能听清。所以给中间人取了这个形象的名字。也有直接喊“牛贩子”的，俗话说，“牛贩子的牛爬得树”——凭他吹。带点贬义。但又离不了他们，买的怕上当，卖的想有个好价钱。“牛偏耳”这个职业古老，直到二十世纪末才逐渐消失。

“牛偏耳”活跃在牛市，对行情了如指掌。牵进来的牛，他们都仔细观察，骨架、毛色、牙齿等，还要牵着牛在场内转几圈，看牛走路的姿势。把一切都摸得清清楚楚，做到心里有数。

前几年，我在乡下承包“小农水”项目施工，认识了一个以前的“牛偏耳”，恰巧也姓刘，都喊他“牛贩子”，或者是“刘贩子”。他已没得牛可贩了，早改行喂了十来匹骡子。山坪塘都修建在田间地头，我雇他的骡子从公路边转运沙石和水泥。空闲时，我请他喝酒，主要想听他摆龙门阵。

刘贩子说，他们用旧时候的计量单位“石、斗、升、合”，总结出一套看牛的经验：二石（音蛋），两只牛眼鼓起像鸡蛋，有神；四斗，四个牛蹄子像熨斗，大而坚实；六升，牛体格身躯像鹿身（六升）紧凑结实；八合（音各，重庆方言各与角不分），牛角呈“八”字形。符合这些条件的牛，再孬也有七成。

几杯酒下肚，刘贩子眯起眼告诉我：凡是进牛市的人，我一眼就看得出来，是来买牛的，还是来打探虚实的。买牛的，我主动上前搭白，问他住在哪儿。平坝子，就给他介绍水牛，田要深一些，水牛力气大。住在山上的，推荐黄牛，走坡路才得行。我当“牛贩子”时，很多规矩不兴了，只是讲价还伸袖子里摸指头，怕旁边看热闹的人晓得价了。我先捉住卖牛人的手，伸进他袖子。如果穿短袖，就伸进衣服下摆里。有时坐茶馆谈价，便把手伸在桌子下面摸。卖牛人伸出指头表示要价，一摸就明白。然后我又走到买牛人的面前，用同样的手法把价格告诉他。买牛人还价，也在袖子里用手指头告诉我。一桩生意要这样反反复复讲好多次，还不一定成功。毕竟一头牛很贵嘛。成交一头牛，“牛偏耳”可得一笔介绍费，由买牛的人付给。卖牛人要包“两场水草”。两场，指两个赶场日，共六天，过去城乡按一四七或三六九、二五八的日子，每三天一个场。水草，指牛在吃草，活起的，没生病。如果三天内牛生病或死亡，由卖方负责；四至六天内，对半开；超过六天，卖方就不管了。

我对“牛偏耳”的介绍费很感兴趣，问刘贩子一般是多少。他岔开话题：我谈成的生意都记账，用汉字表示1到10——田、乃、寸、水、丁、木、材、拱、成、年。这是暗语，账本被别人捡去，或者偷看了，也不懂。

我追问他介绍费。他摆着手说：“‘牛偏耳’的规矩就是保密。我已经给你说得太多了。”看来他没喝醉。

七

有一天，我到云万两县交界的七曜山一带搜集地名故事，村支书带着我和镇文化站长来到一个农家院坝，说：这户儿袁老瘪会摆故事，今年八十八了，精神好得很。说完，对着大门呼喊："袁老瘪，客人来了！"

"袁老瘪？"我一怔，不会是当年屠宰场那个临工吧？毕竟绰号也有相同的。随着村支书的喊声落地，一个干瘦老人扶着门框出现了。果真是他，脸上一层皮，下巴更瘪了。这是他的标志，才有了这个绰号。当然，如果没听到这个绰号，我也不会认出他来。

我赶紧迎上去："袁老伯，还认得我不？"同行的文化站长和村支书很惊讶。袁老瘪打量着我，摇头说："认不到了！"我扶他坐下，给他们讲了三十多年前屠宰场的往事。大家明白了，村支书连声说："有缘、有缘。"

我暂时把地名故事放一边，急于找到答案："袁老伯，您那年怎么突然走了？那个时候找临工做不容易，您和场长是熟人，才来得到的。"

"我怕该命债！杀牛，心肠狠。"袁老瘪答得恳挚，"还有几条要杀，我害怕了。"原来是这么一回事。

袁老瘪继续说，杀牛的时候，它会流眼睛水。牛的眼睛水很干净，看得穿人心里想的什么。如果把牛的眼睛水敷抹在人眼里,说是能看见“鬼”。

您说得这么诡秘。可那年您杀牛,没见它流泪啊?

是没看见流泪,我也是听老一辈人说的。但牛有感应,我亲自得见过。小时候,我们村有一户儿的牛摔死了,皮剥下来,挂在屋檐下晾干。我牵牛从这户儿门前过路,随便怎么拉,它就是不走。后来绕了路才过去。我从前听上人(父母)摆过,杀牛匠死了,坟堆堆都不敢垒,垒了,也要被牛踩平。

我明白,袁老瘪说这些的目的,就是不愿杀牛。

从小当放牛娃儿的薛老伯,从不相信杀牛之前它要流泪,说:“那个说法是同情它。牛下了一辈子苦力,到头来,还要杀了吃肉。太可怜了!牛本来眼睛水就多,经常流,有时是凑巧碰到的。”

李渔是清初时的文学家、戏剧家,他的美食文章很有名,有趣不说,涉及的知识面又广,唯独不见他谈食牛、狗。他说:“以二物有功于世,方劝人戒之之不暇,尚忍为制酷刑乎?”意思是,牛和狗对人来说是功臣和朋友,我劝人们不要杀都来不及,怎么会去研究怎样吃呢?

年猪旧闻

一

小时候，有一次去外公家过年，一个远房舅舅家杀年猪，等天黑尽了，关起来门来偷偷宰杀。舅舅怕别人听到猪叫声，用绳子绑住它嘴巴，只听到猪喉咙里发出哼哼的声音。当时我心里一阵恐惧，过年那几天，总有一个哼哼的声音在耳边缠旋。

外公悄悄告诉我，舅舅不想让人知道他家杀年猪。那时候农户杀一头猪，必须向国营食品站交售一头，执行国家“购一留一”政策。多养多交，也就可以多留。如果只喂了一头猪，则交半边留半边，称交“边块肉”。舅舅只喂了一头，不愿交，想了这个“鬼点子”。

以前杀年猪还有一个规矩，先要完屠宰税。四川历来是全国养猪第一大省，全国每出栏十头生猪就有一头为川猪，素称“川猪安天下”。省志里记载，民国中期，全省的教育经费全部来自屠宰税。十多年前，国家富裕了，这个缴了一百多年的税种才被取消。

前几年，我在渝东北一带农村整修堰塘时，闲下来喜欢和当地村民摆龙门阵。有一天，一个外号王日白的农民知道我在食品公司工作过，故意卖关子问："陶老板，你吃过瓮死的猪没得？"我随口一答，并带着疑问："猪没放过血，把肉呛红了，恐怕不好吃哟？"而且我知道，没放尽血的猪肉，又容易变质。

王日白接着摆：那年家里缺粮，只喂了一头猪，年底了才百把斤，交半边留半边，除去猪下水，剩不了多少肉，不如交一整头算了。腊月里，一家大小眼巴巴地望着别人家杀年猪，王日白却带着十来岁的大儿子，拿起响篙，吆猪去公社食品组。眼看拐过一个大弯就要到了，这里没有一家住户儿，路边有一个堰塘，王日白迅速一脚，把这条瘦筋筋的猪蹬了进去。还没等猪浮起来，他跳进水里，使劲按住猪头，活生生地把猪瓮死了。他大儿子顿时傻了眼，还没明白眼前发生的一切，只听老汉说："把猪看好，我去食品组报信！"

不一会儿，王日白领着两个工作同志来了。他一边走，一边比画着说："龟儿子的，它像发了疯，一下子就冲到堰塘里了。"工作同志站在塘坎上，看了看水边的死猪，其中一个耳朵上夹了根纸烟，看样子是领头的同志说："我们是不收死猪的，你也得不到奖售粮哟！"王日白连忙回答："奖售粮是小事，给国家交不成猪了，是个损失呀。"他嘴巴上这么说，心里却暗自高兴，一家大小过年终于可以吃上肉了。

后来许多年，王日白一直为自己当时的灵机一动沾沾自喜。

二

工作同志说的奖售粮是一种激励政策，农户每交一头猪，国家奖一百斤平价粮指标，并按猪的重量划等级，还奖几尺布票。这都是那时候的紧俏票券。

1963 年，粮食开始增收，农户喂猪的积极性高了。再过几天就是新年，云阳召开县区社三级干部会，通报新政策：明年 1 月 1 日起，农户每交售一头生猪只奖五十斤粮食。会上强调，消息不能提前外泄。

那些开会的区社干部为本地农民着想，连夜打电话回去，悄悄透露给工作人员。一时间，全县农民或抬、或牵、或赶着猪，从四面八方拥向所在的区食品站或公社食品组，排着轮子交售。性子急的，直接把猪抬到了县食品公司。饲养场只能装一千来头猪，一下子拥进三万多头，只好抽调几十个行政后勤人员打突击喂猪，把县城粮站的胡豆、苞谷都买空了。结果喂猪食的石槽又不够，不仅买光了城里的木脚盆不说，还找饲养场周围的农户借了一些，仍不够用，便让那些猪吃“转转儿食”。有的猪一天喂了好几顿，有的一点食没吃到。元旦后，遇天气突然转冷，结果饿死、冻死和挤压死一千多头猪，损失不小，惊动了商业部的领导。县里有关部门赶紧联系长航局，安排驳船往大城市调运。

二十世纪八十年代初，我在食品公司屠宰场腌猪皮。杀猪剥下的皮，上面带着一些肉，先要铲干净，皮肉熬成油，卖给日化厂做肥皂原料。然后在猪皮两面均匀地抹上工业盐巴，一张张重叠堆码，阴干后交到皮革厂。油腻腻的猪皮上不仅沾满了污血、泥水，有时还有粪便，又脏又臭。我和一位叫宝群的姑娘负责抹盐。宝群小时候发高烧烧坏了脑子，嘴角上翘，脸上整天像挂着笑。她做事卖力，我经常躲着抽烟的时间里，她一个人差不多把活做了一半。一件淡红色的衬衫，紧裹着她细腰挺胸的青春。有一次她悄悄告诉我：妈妈托人给我找了一个当解放军的对象。屠宰场的邓姨和宝群妈妈是好姐妹，说，根本没这回事。我听出语气中带有一丝鄙夷。今天想来，就像罗大佑唱的：别忘了寂寞的山谷的角落里野百合也有春天。

那时候屠宰场杀猪很原始，几个人拖耳朵，揪尾巴，费力地把猪按在杀猪墩上操作。有一天，一个年轻杀猪匠把要杀的活猪尾巴全割了下来，猪屁股光秃秃的，没地方捉，几个老杀猪匠跑去找场长告状。

当时猪肉供应已充足，但猪肚、舌和耳朵、尾巴这些附属品却十分紧俏，都由门市营业员“走后门”了，或者业务股“批条子”卖给“关系户儿”。年轻杀猪匠的亲戚办席待客，请他帮忙买点猪尾巴，营业员不买账，无奈之下想到这个下策。因违反操作规定，年轻杀猪匠受到行政记过处分。后来，这事上了我们地区党报内参，题目叫《他为啥要割猪尾巴》。消息是我透露给来县里采访的记者的，我常给报社投稿，也常登点“豆腐块”大小的文章，和记者都熟。

三

据说猪原来都是野的，祖先伏羲发明了一种网罟，把它捉住驯化，和狗一起成为人类最早的家畜。殷商时代有个叫豕韦的部落，慢慢培育出很多的猪种，我们今天才能吃到各种好吃的猪肉。著名外科神医华佗，为让我们多吃肉，在医书上还专门记下劁猪术——把公猪的“卵子”和母猪的“花花肠子”割掉，不让它们发情，多吃食多长肉。

以前在乡下，劁猪是一门手艺，劁猪匠走乡串户，一路吹着羊角哨，那声音清脆、激扬，调子与众不同，老远就能分辨。需要劁猪的人家，听到哨声后就在路边等着，看见他身影了，便吆喝一声“喂！劁猪匠——”他懂，立马过来。劁猪匠嘴叼小刀，把小猪按在地上，用膝盖跪着，抓住公猪裆下那对卵子；如果是母猪，则用小刀带钩的那头，钩出猪肚里的花花肠子。前后几分钟，随着猪的嚎叫，蛋落或肠断。然后，在伤口上胡乱地抹上一把草木灰就完事了，小猪又欢蹦乱跳。听老一辈人讲，劁猪的时候，劁猪匠要默念咒语：“弟子大尖刀指大红山，小尖刀指小红山；一不准流血，二不准着热（即发烧），三不准长疱，四不准灌脓（发炎）。”

旧时，下川东的屠宰业分猪儿客、烫灶房和刀儿匠三个行当，行话叫“有钱大家赚”。猪儿客到乡村去买现存的肥猪或预定生猪，往回赶时，不能回头看，说农户第二年的猪不好养。猪儿客买的猪，都吆到烫灶房宰杀，除付宰杀费外，还得留下猪腰子和猪鬃。

上街卖肉由刀儿匠负责，他们没店铺，沿街设案桌。刀儿匠的手法一流，再不好的部位，割下来的每块肉看起都安逸，买主高兴，肉卖得也快。俗话说“提刀割肉，看人说话”，不能得罪了刀儿匠，不然他刀儿一飘，割下的净是不好的部位，你就吃了暗亏。刀儿匠会赚钱，是城里的殷实户儿。我们食品公司有一个刀儿匠姓靳，公私合营过来的，民国时娶了两房媳妇儿。新社会当然不允许，正好 1949 年原配夫人病逝了，跟他过的是小老婆。在他的职工履历表上，配偶一栏填着已故原配的名字，小老婆名字前有一个“妾”字。偶尔有同事拿这事跟他开玩笑，他总是笑扯扯地摆手说：“旧社会的事，莫提了！莫提了！”

下川东屠宰业拜三国名将张飞为祖师爷，相传他自幼杀猪卖肉开屠案。农历八月二十八日是其生日，这天屠宰业都歇业，大办酒席庆贺。云阳县城江对岸有张飞庙，屠宰业的同仁必上庙祭拜，给张飞塑像披红，为像前的灯池添油。

四

我听老一辈人摆龙门阵，猪蹄爪子一般只有四个，如果出现“五爪猪”，千万不要去杀，会有灾祸。传说五爪猪是妖魔鬼怪变的，或者是死去的人托生，因为人的手和脚才有五个指与趾。杀猪之前，它在圈里乱跑，不便查看是否有五个爪子。一帮人把猪按住，准备捅刀时，又不好当面去检查，毕竟大家都是乡里乡亲的，再说一般人也不知道“五瓜猪”这回事。但杀猪匠精灵，捅刀之时，往往会对帮忙的其中一个人大声喊道：“某某某，使劲抓稳点！”帮忙的人如果没得经验，下意识中会答应：“要得、要得，按稳了的。”这下五爪猪被杀死前记住了帮忙人的名字，灾祸今后会发生在他身上。懂的人，不管杀猪匠说什么，反正不吭声，当作没听见。杀猪匠见没人上当，只好自己念上一句：“不要怨，不要怪，只怪你是凡间一碗菜。”

农村杀年猪一般要雇刀儿匠，他们提着竹篮或背着背篓，里面装有刨子、铁钩、撑棍、捅钎和各种刀具。主人早已在院坝边或地头角挖好临时地灶，架上口铁锅，烧一锅开水，等着烫皮刨毛，再卸下一块门板当案板。猪的尖叫声让细娃儿胆战心惊，杀的时候跑得远远的，等叫声停了，才又回来看热闹。捅皮、吹气、烫皮、刨毛……

情理之中，主人要招呼刀儿匠喝顿酒。为便于腌盐做腊肉，主人把筒子骨、猪老壳骨头和一些杂骨剔下来，炖在柴灶上的铁锅里，白浪翻滚，煮上一盆热气腾腾的菠菜血旺汤。再割一块鲜肉，抓一把泡椒、泡姜，和着刚从地里扯来的蒜苗，炒上几大碗。看着肥腻腻的肉，吃在嘴里不仅香，还糯滋滋的。既招呼刀儿匠，又叫来周围团转的乡邻。特别不忘请生产队长和会计，他们是“大鸡脑壳”，不能得罪，不然分给你家的粮食都是没干透的。大家热热闹闹、有说有笑地端着一碗苞谷或红苕老白干，喝“转转儿酒”。这是那个年月难得的一顿“牙祭”，叫“吃庖汤”。庖，厨房、厨师、烹调之意。现在很多人误写成“刨猪汤”，很容易让人联想到烫皮刨毛的那一锅脏兮兮的开水，心里总觉不是滋味。

重庆一位老作家说：“大家习惯了‘刨猪汤’，写成‘庖’，没得几个人认得到，找不到是啥子意思了。”的确。有些地方干脆就叫“吃杀猪饭”，直截了当。

小时候，我们下川东一带杀年猪时，又常听大人喊“来我屋头‘吃旺子汤’哟！”旺子就是血，据说是川江桡胡子喊出来的。他们忌语多，比如豆腐叫灰毛。船为木，易腐，不可说。帆与“翻”谐音，称布条。见血不吉利，便喊旺子。旺字本为衁，指动物死后流的血，读音“荒”。因口头传播，久而久之，误读为旺。吃疱汤也好，刨猪汤也罢，明明大碗喝酒大口吃肉，为何要喊“吃旺子汤”？

有一年，我在渝鄂交界的小山村做农业项目，一天下午，从城里拖了台小型挖掘机去施工，当地很多村民跑来看热闹。当天晚上，素不相识的村民余老伯硬要我和驾手去他家宵夜(吃晚饭)。这个小山村位置偏僻，交通不便，余老伯家看起来还比较贫困，饭桌摆在土瓦房的灶屋里，低矮的房檩上吊着一盏节能灯，发出灰白的光。满桌子的菜，每样分装两碗，各摆一方，拈菜时手不用“过河”。余老伯笑眯眯地站在桌旁说道：“没得菜，让你们走路了。”确实没得菜，除了蒜苗和青椒，全是肉。喝酒吃饭中，只要我一伸手拈菜，余老伯就不停地招呼：“吃辣子、吃辣子。”这一声声“吃辣子”的招呼，完全是一种客套话。我突然就明白了，小时候听到的那一句“吃旺子汤”的叫喊，分明是老一辈人的谦恭。

缺粮缺钱的年月，庄稼人辛苦一年，盼的就是腊月杀年猪，喜悦写在一家人的脸上。虽说自留猪的肉不允许在市场上买卖，但暗地里还是要卖一些，一家子一年的油、盐钱基本解决了，细娃儿的学杂费也有了。这“油”不是吃的，是点灯用的煤油。如果钱有点富余的话，再给大娃儿添件新衣服，特别是女娃儿，穿得羞人了不好。大娃儿换下的旧衣服，小的可以捡了穿。

有一年冬天，姑爷对我说：“今年杀了年猪，给你缝一套的确良白衬衣、蓝裤子！”我一下子兴奋起来，六一儿童节再也不用为服装发愁了。学校儿童节搞活动，要统一着装，白衬衣蓝裤子，女生黑裙子。每到那天，姑妈都挨家挨户给我借，不是别人家的小孩子也要穿，就是邻居大哥哥的衣服太大，我穿不了。后来姑妈改了姑爷的旧衣服，给我做了一件白衬衣，皱巴巴的，我不喜欢。来年的儿童节，我真的穿上了崭新的的确良白衬衣、蓝裤子。那时候的确良布料稀罕，很少拿来给小孩子做衣服，我也是第一次穿。同学们围着我，羡慕地摸这儿摸那儿。当时我精神抖擞，得意极了。

二十世纪八十年代初，那个绑嘴巴杀猪的远房舅舅发起奋来，家里一下子喂了好几头猪。有一年暑假后，大儿子又落榜了，他豪爽地对儿子说：大不了又给食品组交一头猪，再复读一年。第二年，大儿子果然考上了省城的中专。

五

过去北方人喂猪是放养，像放羊一样，把猪牵到山坡上吃草，比较轻松。南方人喂猪是圈养，很花本钱，每天要人煮食喂食，还得搭上苞谷、红苕等饲料。养一头猪，一年到头只赚几块钱，如果算上精力、劳力，倒亏。这是二十世纪八十年代中期，大力推行配合饲料喂猪时，四川的经济学家帮农民算的账。

"养猪不赚钱，回头望望田。""没有猪粪臭，哪有五谷收？""养猪不赚钱，积肥又过年。"这是那些年农民养猪的目的。

我姑妈喂猪，又辛苦又用心，每天天没亮就起来先煮猪食，再给人做吃的。出工前把猪喂饱，中途吃烟的工夫，还要跑回家喂一道食。晚上放工回来，第一件事就是烧火热锅里的猪食。猪吃得舔口嗒嘴的，姑妈高兴，猪不吃食，她心里着急。有一次猪不仅不吃食，还呕吐不停。姑妈拿干橘子皮和生姜熬了水，用竹筒装着，和姑爷一起掰开猪嘴巴硬灌。第二天，猪就摇头摆尾地吃欢了。有时候猪不吃食，姑妈又把一些药片用锅铲压碎成粉，和在米汤里给它喝。这种喂法没药味，猪才吃。冬天的时候，姑妈经常给猪窝换上厚厚的干稻草，说："不然这畜牲要感冒！老古板人说的，喂猪没得巧，窝干食饱。"有一次猪不吃、不喝、不拉，姑妈用了很多方法都没效，只好请来一个瘦老头"猪先生"（兽医）。他把盐巴在锅里烧成块状，趁热贴在猪的肛门上。猪被烫得直叫，满圈跑。没用多久猪就开始排粪，接下来又吃食了。猪先生说，猪食糠分重了，粪便秘结，热盐块刺激它直肠。我听姑妈又说了一句老话："崽猪怕泻，大猪怕结。"

但是有一年，姑妈喂的一头猪不吃食，连猪先生也没有办法，眼看一天天瘦下去，只好提前杀了。办团年饭的时候，姑妈切猪舌，菜刀突然遇到硬物，破开一看，里面插着一根缝衣针。猪不吃食的原因终于水落石出。

渝东北农村以前新砌猪圈后，要请匠人师傅"扫圈"，工钱另算。夜深人静时，师傅在圈里焚香烧纸祭拜牲畜神，嘴里念念有词："槽内吃食，圈壁擦痒，日长千斤，夜长万两。"随后用新扫把打扫圈内一遍。完毕，主人端来酒饭菜，让他在圈内独自享用，别人不能偷看。师傅在碗里拈菜，从上往下拈，不能乱翻，并全部吃光。今后养的猪才不刁食，肯吃肯睡。

渝东北农村人娶媳妇儿，定亲前双方家人要上门“看人户儿”。男方看女方时，会借故走到猪圈前，顺手舀一瓢猪食喂喂，看猪肯不肯吃食。由此可得知姑娘是否能干。连猪都不会喂的媳妇儿，在农村不受欢迎。

庄稼人喂猪喂出了经验，说：“富不丢书，穷不丢猪。”富，不能少了文化，再穷也要喂条猪，一年到头才有喜悦和希望。

陈年酒事

烤酒

下川东有十个县市，乡民自古善酿，习称酿酒为“烤酒”，烤出的酒都在五十七度以上，名烧酒、火酒、白酒、原酒。川鄂盐道上的挑二解乏，要喝六十二度的酒，干脆喊“烧老二”。烤酒房过去叫“槽坊”，全为私营，遍及城乡。

有多种古籍记载，云阳在巴国时就烤出一种有名的“巴乡清”酒，说秦昭王把它与黄金杯相提并论：“秦犯夷，输黄龙一双，夷犯秦，输清酒一钟。”夷，生活在三峡一带的巴人。又相传568年，北周大将陆腾从夷陵（宜昌古名）溯江而上，征战至云阳，见当地人作战勇猛，得知是喝了巴乡清酒的缘故，便下令杀死烤酒师傅，烧毁槽坊。从此，巴乡清的酿制技艺失传了。不过，聪慧的云阳人很快又烤出名叫“曲米春”的好酒，杜甫只喝一杯就醉了，于是，写下“闻道云安曲米春，才倾一盏即醺人”的诗句。而川人苏东坡喝了云阳曲米春，晚年时被贬到荒凉之地海南岛儋州，还不忘其芳香："天门冬熟新年喜，曲米春香并舍闻。"

忠县人在唐代时烤一种藤枝酒。新酒烤出后，装入有盖子的小瓦罐，用泥巴封口贮存。储存半年到一年，先用火煨热酒罐，再启开封泥，插入空心的藤秆或细竹管，吸饮，不用壶、不用杯，别有一番风味。白居易任忠州(今忠县)刺史时，一位平民老头儿请他喝酒，后来他在诗中写下喝酒时的情形："薰草席铺坐，藤枝酒注樽。"闲坐在草席上，一边用藤管吸酒喝，一边摆龙门阵。安逸不？

下川东烤酒主要原料是高粱和苞谷，称粮食酒。更早的古时，是用糯米和黏米做原料烤酒。清末，万县有个比较有名气的书画家文小鲁，也是槽坊老板，他变着花样烤酒，用葡萄、樱桃、佛手和桂花、玫瑰等瓜果花卉作原料，烤出各种果酒，味微甜，带橘香，说是喝了有消痰镇咳的功效，打出"蟹藻"牌商标，每年销售两万瓶。民国中期，曾获得过四川省劝业会的奖章。看来这位文老板是严重地"跨界"了。

粮食酒质纯，香味浓郁，但成本高，卖价贵。云阳的云安场是个盐业古镇，人口一度超过县城，行当门类齐全，干体力活的人多，劳作之余喜喝酒解乏、松筋骨。"永寿昌"槽坊老板胡海竹想烤一种低成本的酒，满足众多下力人的需求，自己也能赚不少钱。1937 年，他从万县请来一位烤酒师傅，传授黍子的烤酒方法。黍子又名小谷、黄米，算是杂粮，卖价比高粱和苞谷便宜多了。这种黍子酒烤出来后，胡老板挖地窖存放，三年后再卖，酒质醇厚，绵甜适口，一上市就名气外扬，远销到了湖北的恩施、利川一带。为买卖方便，胡老板专门定做了可装一、四、五斤的土陶罐，贴上“黍子酒”商标。当地槽坊纷纷学烤黍子酒，胡老板如实传艺，毫无保留，深得同行拥戴，被推举为镇槽酒业公会理事长。只可惜黍子产量小，卖价又低，种的人越来越少，后来因无原料而停烤。

粮食酒不仅成本高，年成不好时政府要禁酿。清代和民国时期，云阳、开县境内遇天旱缺粮，一些槽坊就利用野生植物栎橡子和丝茅根烤酒，但出酒率低，酒质也差，不过起到了补充酒源的作用。二十世纪五十至七十年代，私人槽坊被取消后，烤酒由农村社队企业与国营酒厂操作。为节约粮食，变废为宝，这个时期烤酒提倡采取代用品，做柴烧的甘蔗皮、喂猪的红苕蒂把儿、丢弃的烂苕干和野生地瓜藤、金刚头、蕉藕、马桑根都用来烤酒。城口县地处大巴山区，野生植物品种多，烤酒的代用品则用其他地方少有的葛根、红籽和野柿子。下川东一带烤酒代用品曾多达五十多种，只有红苕蒂把儿和苕干出酒率最高，口感也最好，一百斤可烤四十多斤酒，其他代用品只能烤出十斤左右。万县有个窎远的生产队，社员做重活时，比如栽秧挞谷，可分到一两斤红苕酒喝。但喝起来有一股烂红苕味儿。喝过这酒的老辈人告诉我，是用下过种的红苕烤的。种红苕藤移苗插栽后，在土里还没完全烂掉，生产队长叫人挖起来，当烤酒原料。物质匮乏年月，烂红苕酒总比没酒喝强。

为限制粮食酒消费，二十世纪六十年代初提高售价，一斤散装白酒卖四元，瓶装一斤的泸州特曲、五粮液十二元，郎酒八元。而同时期的猪肉才四角五分钱一斤，可知这酒多贵。但对于劳动强度大、作业环境差的挖煤工、伐木工和水下、高寒地区野外作业人员，白酒仍然实行平价供应，每斤七角五分。二十世纪八十年代，城口、巫溪县烤出野生猕猴桃酒，但这不算代用品烤酒了，它的营养价值高，是一种养生酒，行销不错。

善酿的云阳人一心想挖掘传统技艺，二十世纪七十年代烤出一种酒，名“杜公”。烤酒师傅声称：我们探讨沿用了“巴乡清”和“曲米春”的工艺。这种说法是有问题的。且不说“巴乡清”和“曲米春”的工艺早已失传，又无文字留存，单从酒质来看，它们是一种如醪糟的发酵酒。而“杜公酒”为当代普及工艺的蒸馏酒，在元代才开始出现。发酵酒含酒精量极低，口味香甜醇美，杜甫因此才说“李白一斗诗百篇”，李白自己也才写“会须一饮三百杯”的诗句。蒸馏酒的酒精度数非常高，装在碗里，可用火点燃、烧尽。所以，“杜公酒”怎能与“巴乡清”和“曲米春”混为一谈呢？看来是想攀附古人的名气罢了。

听朋友介绍，开县乡村有家私人酒作坊，建于二十世纪八十年代中期，老板姓周，烤的酒醇，下口香，回味甘。春节前，我开车八十多公里，去买了几十斤已存放三年的高粱酒。当时一开酒缸盖，满屋生香。那酒呈杏黄色，看起就喜诱人，如果不是要开车的话，我真想当场吮一口。

周老板见我这么远去买他酒，很高兴，带我看老窖池、老蒸池，还拿出自制的酒曲介绍秘诀。然后讲他的故事：烤了二十来年酒后，有些厌烦了，外出跟人合伙承包建筑工程，让女儿和女婿打理酒坊。结果负债上百万回家，继续烤酒。窖池是老的，大酒缸是老的，酒好，销路也好，慢慢还清了欠账。

他摇着头说："还是做各人的老手艺稳当一些！"

打酒

我读小学时有一次学农，给城郊生产队送肥料，也就是从垃圾堆里刨出一些腐殖土送到农村去。我和几个同学贪玩，送完肥后脱了队，天快黑了，找不到回城的路，心里害怕起来。幸好碰到一个农民大叔，刚从供销社打酒回来，才带我们走上大路。

他一边带路，一边不问自答地说，明天队里插秧子，活路累，喝点酒后舒服些。这位大叔打酒没花钱，用苞谷换的。这是针对农村的"双抢酒"（栽秧挞谷称抢种抢收）政策，全国都差不多，三斤高粱，或三斤半苞谷、大麦可换白酒一斤。当时我不知粮食可换酒，有些奇怪，便问："打酒不用酒票吗？"大叔回答："你们城市人才发票呀，我们农村人没得！"

那个时候国营与农村集体酒厂烤出的酒，都不能自卖，由商业部门和供销社收购后供应居民，每人每月半斤左右，逢年过节一斤，凭颁发的副食券去商店打。我姑姑家隔壁有个杨老头儿，平时都是家里人给他打酒，有一次酒瓶空了，家人不在，自己去。当他把酒票和钱递进柜台后，营业员看了一眼，态度蛮横，立即摔了出来，说："你这票打不到酒！"杨老头儿不识字，他剪下酒票中间圆形的供应专用章，以为章才管用。

商店里卖的一般都是红苕酒，好一点的是混合酒，就是在红苕酒里勾兑一些高粱或苞谷酒，味醇些。有一天，商店里分配来了高粱酒，营业员夏胖子和我姑爷是本家（同姓），便托人带信来。姑爷拿着酒票、钱和两只盐水瓶（输液瓶），高高兴兴地去打了回来。然后叫我提一瓶，给他们蔬菜场的队长送去，说："你是细娃儿，别人不会注意。"

路上，碰到隔壁的王伯伯，问："提的酒呀？"说着，从我手里拿过酒瓶，打开橡胶头盖，闻闻，尝了一下，然后塞好胶头还给我："才去商店打的？"我点点头。

王伯伯得知商店有高粱酒，也赶紧提着瓶子去打。但夏胖子不认账，不卖给他，王伯伯便在柜台外大骂起来。夏胖子气得拿起店里的秤砣，掀开柜台门，冲出来打王伯伯。还没等他出手，王伯伯先搡了他一拳，跑了。

当年我们县城副食品和日用品供应，除猪肉外，都归我父亲单位管。《云阳县商业志》记载，父亲为城关镇公私合营棉布百杂业第六任公方代表,也是最后一任,职务正式名称为“政治指导员”。

我家住在父亲单位一间二十来平方米的旧房子里,本来很窄,还兼做他办公室。有个星期天的下午,小学算术老师突然家访,我吓坏了,不知又犯了什么错,惹得老师登门告状。让我惊讶的是,老师竟然笑嘻嘻地对父亲说,他学习很努力。我真感奇怪。事情很快清楚了,算术老师来找父亲批酒条子,她丈夫在川江航标艇上当水手,全家的供应酒根本不够他喝。只见父亲从抽屉里取出盖好公章的油印酒条子,在“市斤”前的空白处,用蘸水笔写上“壹拾”两个字。这可是一个大数额,算术老师拿着酒条子,笑逐颜开地告辞了。我这才松了口气。

川江航道工人野外作业,喜好喝酒,也比一般人有钱喝,他们工资高,又有伙食补贴。

我外公家门前江边地名鸡翅膀,是个川江险滩。有一年冬天,来了很多航道工人炸滩,过年都不回家。这一带江岸沙地出产甘蔗,每个生产队都有作坊熬糖,留下蔗皮可烤酒,外公他们大队建了小酒厂,表舅当厂长。炸滩的工人常光顾,却从不说打酒,嘴里喊道“八搭二”,然后从背包里取出酒瓶或酒壶、酒罐,表舅默不作声地给他们灌满。

我不知“八搭二”什么意思,表舅看我是城里来的学生,寒假后就回去了,不可能对外讲,才放心告诉我:打一斤酒,要八角钱加工费,外搭两斤粮票。供销社不准我们卖,所以不能说

“打酒”。表舅表现出无可奈何的样子说：“队上差钱买化肥，又缺民办老师的口粮，不卖不行呀！”

有一天，我在解放路望龙门吃老火锅，突然旁边冒出一句：“这么冷的天，整点‘八搭二’！”我一怔，侧过头一看，邻桌有四五个人，看模样都五十多岁了。我毫无顾忌地搭腔：“这‘八搭二’的名称好熟悉呀！”

原来他们都是航道职工，宿舍在望龙门下面的滨江路上，几个老伙计聚在一起吃火锅。我讲了外公大队小酒厂的故事。他们笑着说，在治滩工地附近，他们找农民用粮票换酒票，也是两斤换一斤，再去供销社打酒，八角钱一斤老白干。现在时不时还调侃地称“八搭二”。

他们中一个姓王的老航道工说，有一次，为弄酒票，他差点被抓——

“那是1976年冬季，在下马滩施工，队上放假的时候，我们坐交通艇去巫山城里赶场。市场上的鸡蛋便宜，五分钱一个，我专拣大的买，差不多八九个有一斤。买回来不是为了吃，我交售给供销社，他们按斤收购，价格五角几。一斤鸡蛋买来不到五角钱，一转手，毫不费力就赚到两三个鸡蛋，很划算。我也不是为了赚钱才去买卖鸡蛋的，因为供销社规定，交售一斤鸡蛋，可奖售二两白酒或白糖，我想要奖售的白酒票。又一次去赶场，突然，几个持枪民兵来到交通艇上搜查，说：“我们是‘市管会’的，有群众检举你们搞‘投机倒把’。”自己不养鸡，买蛋卖蛋，为买空卖空,属“投机倒把”行为。

“一个队医刚赶完场回船,正煮买的鸡蛋吃,不料上了当,是没孵出小鸡的寡蛋。他被吓坏了,颤抖抖地说:“我、我……没、没……搞‘投机倒把’,看、看、看嘛,自己煮了吃！还、还是寡、寡蛋。”慌忙把寡蛋拿给民兵看,证明自己的清白。民兵没查到什么就走了。

“我当时还在赶场,没回交通艇,一个船员赶紧上岸找我,让我躲一躲。那天,我再不敢坐交通艇,走了几个小时旱路回工地。”

下酒菜

民国时期, 开县城狮子楼街有家专卖粮食酒的小酒馆,老板姓陈,额头上长了个大包,外号陈包包儿,是我妻子的嘎祖祖(外曾祖父)。嘎祖祖自己滴酒不沾,到东街酒市采购时,用食指蘸一下酒,拿拇指一捻,就能分出醇劣。然后对选中的担子酒贩说:“跟我走。”算是要了。

嘎祖祖的酒馆称小酒馆,不是看店铺大小,因为只卖酒,没有下酒菜。喝酒不要菜,叫喝冷杯酒,或碰冷杯,自嘲的叫法是“扯冷疙豆儿”——吃了冷东西引起打嗝。准确点说,嘎祖祖的小酒馆应该叫冷酒馆才对。

来冷酒馆扯冷疙豆儿的人, 大多是住城里的普通百姓,稍有点钱的是进城做生意的小商贩。这些人进店，花几个铜钱，喝上一两杯，只为解酒瘾，兜里没几个钱，一般也舍不得买下酒菜。好酒之人有句话："有酒便是宴，怪酒不怪菜。"偶尔有人想要下酒菜，可去旁边小饭馆买，再由伙计送过来。都是冷盘的烧腊（卤菜），不点热菜。后来嘎祖祖的冷酒馆门口摆有一个小摊，专卖油炸干胡豆、干豌豆，又泡又化渣，价格便宜，喝酒的人都愿买一盘。

卖油炸干胡豆的是嘎祖祖的女儿，我妻子的外婆。以前外公不愿做事，把分得的祖产田地卖了，搬到城里住，坐吃山空，外婆为糊口，才摆下这个摊。不愿做事的外公没办法了，只好在家炸胡豆、豌豆，再送过来。据说冷酒馆的生意非常兴隆，不然外婆摆摊赚的钱，怎能养家糊口和供独生女——我岳母读书？岳母一直读到高中，因为有文化，1951 年就做了国家干部不说，并在二十世纪七十年代成为县里凤毛麟角的一位女局长。

岳母小时候非常懂事、勤快，放午学和晚学后，帮家里剥胡豆、砍豌豆。胡豆和豌豆都用水泡涨了。岳母两手各抓一把胡豆，分别用拇指与食指捻出一颗，左右交替着喂到嘴角边，用牙尖咬破壳，然后往盆里一挤，胡豆嗖地一下滑了出来。岳母六十多岁时，给我们炸过一次胡豆吃，只见她剥胡豆的动作飞快，四个人还抵不过她一人剥的量。

砍豌豆没有剥胡豆费劲儿，拿菜刀在盆里一砍，不能太用力，一些豌豆夹在了刀刃上，用一根筷子刮在另一只盆里。砍破口的豌豆油炸时才不乒乒炸。

现在没有专门的冷酒馆了，但在乡镇的赶场天，随时可见几个老头儿坐在卖散装白酒的商店里，或是镇上的茶馆，用一次性杯子喝上一杯。下酒菜是一小盘干胡豆、干豌豆，或者一把花生，边喝边摆龙门阵、吹牛皮，叫作喝豆豆酒、吹吹酒。

我小时候住的那条街是城墙边的一条巷子，有户儿人家姓余，男主人绰号“余酒罐”，我们称好酒之人为“酒罐”。余酒罐在码头装卸队挑盐包，力气活，很累，顿顿都喝酒，解乏。他挣钱虽多，家里子女也多，一般都是泡咸菜下酒。泡咸菜吃腻了的时候，拿出两分钱，叫儿子“摆尾子”上街买两个桃子，那种又香又脆的白花桃，一个自己下酒，一个作为“摆尾子”跑腿的奖赏。“摆尾子”是家里唯一的儿子，这个跑腿的“美差”才会轮到他，姐妹们没份儿。有一次我去找“摆尾子”耍，看见余酒罐一个人正喝酒，这回的下酒菜高档，一只咸鸭蛋。蛋的“空头”敲开了，他皱着眉头喝一口酒，然后拿一支筷子，在空头的小窟窿里蘸蘸，放到嘴里抿一下，很满足的样子。第二天我又去他家时，桌子上还放着那只鸭蛋。我悄悄看了一下，才蘸去一小窝窝儿。一连几天，这只咸鸭蛋都放在桌子上，做他的下酒菜。

我的外公在世时，听他讲过川江桡胡子的下酒菜，那真是特别。没菜的时候，从江边捡一碗拇指大小的卵石子，和着盐巴、干辣子，用菜油炒了下酒，只吮那个盐辣味儿。喝完酒，吮完卵石子，留在那里，下次又炒。没油没盐的时候，锈铁钉也下过酒。外公没说怎么个下法，我现在可以想象那个场景：一个桡胡子的酒瘾来了，踮在船舱，端起杯，也可能是碗，或者就是装酒的罐子，扯几口冷疙豆儿，用舌头舔一下那颗锈钉，接着又是一口酒。然后把酒罐放回原处，又做活路去了。

我问过很多老一辈的老酒罐，锈铁钉当下酒菜的事，他们听都没听说过。也许这是桡胡子代代相传的方法。有一次，我觉得好耍，试着舔了一下锈铁钉，舌头上立即产生涩涩的感觉，一阵心悸，很不是滋味儿。

读《本草纲目》时，我看到用铁锈治病的单方。把锈铁锁烧红，敲下锈，研成细末，兑温开水，含在嘴里，慢慢咽下，可治口舌生疮。古药书上也介绍，男人内热，夜晚遗精，用一钱铁锈末，冷水服下，三次便见效。川江气候潮闷，身强力壮的桡胡子长年在外，是不是易患内热和遗精症？

一位网友在我帖子留言区讲了个故事。有一年，一个农民跑到供销社买了五分钱的红苕酒，像是酒瘾来急了，找营业员借个杯子，站在柜台边就喝起来。喝了一口酒后，从口袋里摸出一根锈铁钉舔一下，再喝一口又舔一下。别人问他，怎么舔锈钉子，不要下酒菜？农民回答：我哪有钱买下酒菜，这酒钱好不容易才找佑客要到，她看我给队上挑公粮累了。舔锈钉子只是改个口，总比喝干酒有味儿点。

有一天夜里，我突然想喝酒，不愿讨麻烦，没去弄菜，从泡菜坛里抓起一根胭脂萝卜，一口酒，一口萝卜，酒醇香，萝卜咸、脆，味道各异且差别大，但相配，安逸。我陡然明白，这叫“滋味儿”！

转转儿酒

好像古代文人都爱喝酒，喝酒的花样儿还多。只举一例。

选一郊外幽静之处，找一块平整的石盘，旁边得有潺潺溪泉，然后雇石匠，用錾子打出一条弯弯曲曲的小沟。三五个志趣相投的文朋诗友，相拥曲沟而分散坐下，再引溪泉水入沟，淌游而过，把装有酒的酒杯置放水面漂流。曲沟首尾尚有机关，灌满后马上关闭，水止杯停，或打着漩儿，看在谁的面前，或者离谁最近，便即兴赋诗并喝下这杯酒。

兴许曲沟首尾没设机关，石匠凿打时稍微留点“滑水”，水缓慢地流，酒杯时漂时停。大概原理如此。这喝酒花样儿，文人谓之“曲水流觞”。曲水，指这曲沟及水；觞，酒杯的古名。听起来文绉绉的，世人又俗称“流杯池”。川江人喊得通俗，喝“转转儿酒”，转到哪个面前就该哪个喝。如我们小时候的游戏“击鼓传花”，只是唱歌换成了喝酒。

流杯池遗存，川渝境内很多，都与当地文化名人相关。据传北宋文学家、书法家黄庭坚，在川六年，留名三处流杯池。宋元符元年（1098），黄庭坚从川东南的黔州被再贬至川南戎州（今宜宾），之前的踌躇满志早已不再，只寄情于戎州山水，体验淳朴民风，便在岷江东岸崔科山一巨石崖隙中，凿曲沟“流杯”，再留诗。这是第一处。没想到两年后，黄庭坚被重新起用。时值川江汛期，暂不能出三峡，高兴之余，借机溯岷江而上，到青神县访古怀旧，辞别亲友。在青神中岩寺旁的丹霞巨崖下，他引玉泉水，又造了个流杯池。喜也“流杯”，忧也“流杯”，就是不能一个人喝闷酒，免得伤心、伤情又伤肝。

第三个流杯池在下川东南浦县，今重庆市万州区。黄庭坚坐船顺江东归，途经南浦，应太守高本仲之邀，畅游城郊西山，“流杯”后泼墨写下《勒封院记》。后人镌刻于池畔，称“西山碑”。然而，这个流杯池不是黄庭坚建的，据资料介绍，凿打于宋嘉祐八年(1063)，即三十八年前就有了。但是，没有黄庭坚“流杯”又泼墨，也许早已灰飞烟灭于尘世，我以为理当归其名下。比如，我家乡就有一个流杯池，明嘉靖《云阳县志·古迹》载：“流盃(同“杯”)池，县东五里，曲水流觞，古人修禊于此。”也有乡贤和地方官吏留诗吟诵，却没有黄庭坚这种名人“流杯”，只能躺在故纸堆里。至于其“尊容”，我辈从没见过。

看网上有帖子问：古代文人为何爱“流杯”？后有不少跟帖，唯有一个搞笑：“因为喝不完倒水里，酒品差，还不会醉。”这回答实属有趣。也不奇怪，喝酒人的花样儿多，本身就是趣。

“龟儿子的，我们这些‘死了还没埋的人’，好吃得很，只要一有空，就弄吃的。”提起酒趣，老桡胡子冉白毛的话就多起来，不歇气地摆他们往年子喝“转转儿酒”的事。

桡胡子是川江上出了名的“好吃佬儿”,也许对于“死了还没埋的人”来说,“吃”最实际,也是最实惠的事。走一趟水回来,揣着刚结的身钱急急忙忙往家里赶,不光是为了见佑客娃儿,还要回去抓紧弄吃的。回船的时候,都拿出家里带来的食物,五花八门,啥子都有。

走船途中天黑尽了,找一片开阔的卵石滩,歇好船,开始弄吃喝。柴火去河滩捡,石缝里卡着冲来的树枝,多的是,早已风干、晒干,叫水湿柴;易燃又禁烧,随便走一转儿,就能捡回一大捆。再顺手搬几砣大卵石垒起,架上一只吊子(铁鼎罐),把各自带来的食物,不管生的、熟的,合汤合水倒进去。麻辣、鲜香、咸甜,什么味儿都有了,滚烫的一大锅,喊“连锅闹儿”。

黑夜火光闪烁,桡胡子围着吊子或蹲或跍或坐,一只装满高度“老白干”的大土碗在手中轮番传递。转到自己了,接过碗,吮一口,龇牙咧嘴地咽下,同时传给下一位。因为只传碗,不“流杯”,也就不须吟诗填词,用筷子在吊子里捞一箸菜,喂进嘴巴就行。夏天时,喝得大汗淋漓,舒畅、痛快;冬天吃得全身暖和,除湿、祛寒。带来的食物吃光了,仍要架上吊子,可以倒进上顿的剩菜,再放些花椒、泡椒、老盐菜,熬一锅麻辣味儿的汤,烫吃白菜、灰毛(豆腐),喝一碗老白干。这样心里安稳,躺下才睡得着。

他们这是“五裂找来打伙吃”——各自带来的食物凑在一起,在吊子里“连锅闹儿”,打伙吃得开心。旧时,“戏子”在台上亲亲热热扮一家子，下场后各回各家，“五裂找来打伙吃”。恰恰相反。

冉白毛说，以前桡胡子的“连锅闹儿”被江边苦力、脚夫学去，后来传入寻常“人户儿”，又慢慢出现在馆子里：“喝酒不搞点花样儿，啷个会兴起重庆火锅嘛！”

“流杯”留诗，“转转儿酒”传下来美食。

米粮饭

火米

把稻谷煮熟，晾干后贮存，吃时再碾出的米，叫火米。过去，四川很多地方有吃火米的习俗。清康熙年间，担任过成都府督捕通判的陈祥裔在《蜀都碎事》中记录："火米，蜀皆有之。"

煮稻谷的方法简单，关键看火候。稻谷没熟透，打出来的米，外呈黄色，心是白的，就嫩了。过分熟透，成了老火米，色泽不好。如果是做火米生意的话，就没得卖相。不论老或嫩，都影响出米率。煮前，把稻谷筛选干净，倒进大铁锅里，加水，烧到烫手时停火，在锅里浸泡一夜。第二天捞出沥干，重新加水烧中火煮。水不能太多，锅要盖上竹筐，用布或毛巾塞紧缝隙，闷煮。中途翻动稻谷几次，看到谷壳裂开一条缝，露出米时，便停火，舀出晾干，火米就做成了。清代唐训方《里语征实》里说："用秔稻，水煮滚，住火停锅中一夜，次早，漉去水，又用火蒸上气……"但民国后，大多数人煮谷，是一次性煮熟，不再浸泡那一晚。

北宋时，稻谷不用水煮，蒸熟。当时的文学家陈师道曾记载："四川的稻谷先蒸而后炒，谓之火米。"李时珍在《本草纲目》中介绍火米，"并水浸蒸晒为之"。清末时，制作火米也是蒸。江苏人徐联棻初任夹江知县，家中管事欲购"卡米"，拿"火米"样品请他过目。卡米，由知县捐廉银购买，每天煮两顿稀饭，供食给锁押在县衙卡子里的人犯。他们罪轻而未判决，称"外监"，上级衙门不拨"囚粮"。徐知县不懂什么是火米，管事解释："先将谷蒸熟，于烈日中曝干，储之仓中，用时方碾出。"

制作火米，说是有两个原因。陈师道说："这样存放时间长，因为四川气候湿润。"而夹江县的老百姓认为，"火米能经饱，食之已惯"。从这两点看，起码不是因为好吃才制作火米。老一辈人摆龙门阵，煮熟的稻谷打米时，碎米少，出米率高。但没啥营养，富人家根本不会买。吃火米饭时，刚开始有一点炒香味，但饭质硬，糙口。偶尔吃一两顿可以，经常吃，就难吃了。徐联棻之子徐心余回忆道："火米色黄而且黯，以之登筵席，似不甚雅观也。"

我生活的下川东一带，没有食火米的习惯，但乡村也有一种"火米"。每当农历七月，新谷成熟，收割当天，乡民要煮一锅新米饭吃，谓之"尝新"。刚割的谷子湿润，碾米、舂米都不成，就把"尝新"的谷子倒在铁锅里，烧火快速炒干。不能炒得太枯、太熟，不然打出的全是碎米。炒干的热谷子摊在篾席上，冷了之后，马上打成米，就可煮新米饭了。

下川东的古道上，过去的挑二和吆骡子驮货的人，为了禁饿、方便，在家里把苞谷面蒸熟，和盐与辣椒炒干，带在路上，饿了的时候，就着山泉水吃，他们管这也叫“火米饭”。

我明白了，简单一点说，烹煮两次才吃的粮食就叫“火米”。

汤溪河岸挖煤的窑工，中午吃饭饼，每个有两斤重，也是一种“火米”。本来煤窑老板包了饭食的，但窑工为多挣钱，中午不回去吃。事前他们做了准备，用甑子蒸熟米饭，舀在一块白布上，包起来，趁热使劲揉搓，让饭粒黏合在一起。揉搓时，撒上少许的盐，才有味。揉搓得差不多了，便压平，然后放进炉子里，烤至两面金黄，做成了“火米饼”。下窑挖煤时带着，当午饭。

这样看来，成都昭觉寺的“火米饼”才叫安逸。寺里僧多，煮饭的锅非常大，一次可煮七八斗米。这么多的米，肯定粘锅，因而锅巴又大又厚，铲起来是个整体。司饭僧用头顶起放到仓库去，只看到锅巴下有两只脚在走，膝盖以上的身体都被遮住了。可想而知，这锅巴有多大。仓库存放的锅巴阴干了，便敲打成碎块，用油炸出来，或留以自用，或赠送施主都可。油炸米锅巴酥脆无比，吃的人无不交口称赞。成都其他寺院也有油炸锅巴，但没有昭觉寺的多，也没这么厚，他们油炸了，常作为茶点待客。

我岳母年轻时，无意中曾制作过一段时间的“火米”。1959年10月，她在万县地区财贸干校当教员，地属单位，口粮定量有保障。吃饭在食堂打，陶制钵钵儿蒸起的，分二两和三两。岳母每顿都端回寝室吃，不想被人看见，她要从钵钵儿里挑出一箸米饭来，放在窗台上，晒透、风干。吃的菜也一样，要挑出几片晒干。积少成多，攒到一两斤后，便寄给开县城的外婆和幺舅，他们经常吃不饱。这真是从牙齿缝缝儿省下的粮食，杯水车薪。岳母说，尽点心而已。

购粮证

1982 年 9 月，川西农村青年马卫，兴冲冲背着铺盖卷，千里舟车劳顿，来到三峡边的师范学院读书。那时候的师范生，国家定额补助生活费，由学校折算成饭票形式发放。报到后，马卫看到别人手里都有饭票，却没给自己发，很纳闷儿。原来他不晓得，要从家里把户口迁来学校，算非农业户籍人员，才有口粮供应指标，并颁发购粮证买米或兑换成粮票买饭。

班上辅导员立马出面解决，先发一个月的饭票，吃饭要紧，户口随后再迁。马卫拿到饭票后，心不慌了，赶紧给家里大哥写信，让他把户口迁移证明办了，寄过来。

“你没把录取通知书寄回去，派出所会办？”我一直是个喜欢刨根儿又认真的人，此事放在今天肯定不行。

“那年，我们全区只有两人考起了大学，大家都晓得，什么都没要，马上就办了。”马卫回答，“那时一个区，要管六七个公社和一两个镇。”马卫这个师范生，后来分到机关当干部，一天书没教，现在已是个小说作家，我们经常一起摆龙门阵，回忆过去。

1968 年的夏天，下川东某大镇的汪麻子被对立派捉住，审讯后，拉到汤溪河边的炭渣堆上枪毙了。说是汪麻子手上有“血债”，杀害了对立派两个革命兄弟。行刑的人，想用枪尖把汪麻子尸体推到河里，漂走。哪知炭渣堆不光滑，顶一下，才梭一截，只好一直不停地往下顶。终于顶进了河里，尸体漂在水面，周围浑黄的水一下子被染红了。

突然，一个十来岁的小孩，冲过背枪和看热闹的人群，嘴里不停地喊道：“慢点！慢点！”扑向河边。大家一看，是汪麻子的儿子，平时都喊小汪麻子。不知他要做什么，没人去拦。只见小汪麻子扑进水里，一步一步靠近老汉儿的尸体，抓住脚，想翻过来。看样子，并不像是要打捞上岸，一个小孩子显然也做不到。这时，本来漂流的尸体，居然停下不动，任凭小汪麻子摸来摸去。终于，他从老汉儿的短裤口袋里拿出了一个什么东西，迅速揣在身上。然后，又抓住老汉儿的双脚，用力把尸体推入流水中，看着被冲远了，才不慌不忙爬上岸。

岸上有人好奇地问：“你摸的么子啊？”

小汪麻子回答：“我老汉儿刚买米回来被捉到的，购粮证还在他身上。”

几年后，因为购粮证，这个镇还出过一件大事，妇孺皆知。

一个平平常常的上午，一位姓袁的妇女去粮店买米回家，这是家庭妇女很平常的家务事。她看米质量好，下午又去买。这也是很平常的事。但粮店开票员察觉到不一样：她上午明明买了米的，购粮证上哪个没得记录？

面对质疑，袁妇女不回答，说不买了，想要回购粮证。显然已不可能。开票员收缴了她的购粮证，说要拿给领导看。袁妇女慌慌张张离开了。

粮站站长接过购粮证一看，马上记了起来，袁妇女曾找他，说家里的购粮证丢了，要求补办。那个年代，普通老百姓在一个地方生活一辈子，几辈人不挪窝，相互之间知根知底，一般情况下，没有胆量骗办购粮证，站长与袁妇女又是亲戚，关系更进了一步，就信了她。这种情形，与马卫大哥无任何证明材料，也办到了户口迁移证，似乎一样。

此时，站长明白出了问题，立即向镇派出所报案。很快，县公安局民警出动，搜查了袁妇女家，并把她铐走。

第二天，案情全镇家喻户晓。袁妇女确实没骗办购粮证，而购粮证也没丢，只是放失了手，几天后自动"跑"了出来。这本来又是平常事，退了补办的购粮证便可。但这时候，袁妇女就不在"一般情况下"了——条件改变，动了歪心，两个证都留下，偷偷交替使用。从粮站多买的米，拿去卖"黑市"，赚的钱，买了很多家用物品。后来，镇派出所在大门口展示收缴的赃物，我还去看过"热闹"。

袁妇女后来是被判刑，还是送去劳教，我记不清了。

济纳米

父亲说，过去我们老家安子村有个姓武的富实郎，每到年三十的时候，要给一堆一块儿坐的穷人发“济纳米”。有的喊济腊米，腊月济发之米。有一年年关，爷爷家一颗米没有，也领到一份济纳米，当即煮了一甑子团年。好久没吃过白米干饭了，二爸硬是没拈一箸菜，一碗接一碗，连吃三大碗才松手。

读地方志得知，以前，四川各地官府、富绅建有义仓、济仓、监仓及常平仓等，储备粮食，灾荒年月时救济老百姓。这些仓的储谷由富绅、俊秀捐助，以及政府出钱购买，管理方式各有不同，开仓放粮规矩也不一样。义仓和济仓主要由富绅管理，以救济为主，免费发粮，或施粥，保灾民性命。县衙管理监仓和常平仓，遇灾荒时平价售粮，平抑市场粮价，让百姓能买到粮食填饱肚子。

清乾隆元年(1736)，重庆府巴县知事王裕疆，主持修建监仓三十八间库房，储谷九千六百多石。经过一百零七年的发展，到了道光二十三年(1843)，巴县监仓已有库房一百三十间，储谷达六万一千多石。当时一石为现在的一百五十斤，储谷共计九百一十五万多斤。以每人每月食谷四十五斤计算，可供二十万人吃一个月。这在灾年，不知要救多少老百姓的命。监仓粮食由俊秀捐助，称捐监，县衙负责建仓并管理。俊秀，指有才智的人,古代对读书人的尊称。明清两代,捐监是进入最高学府国子监读书的方式之一。在国子监读书的人称国子监生员,简称监生,可直接参加乡试。乡试每三年在各省举行一次,按中央下达的名额录取举人,具备了做官资格。1921年,巴县欠交军粮过多,四川陆军第一军因此发不出军饷,军长但懋辛令巴县县署借卖常平仓和监仓的储谷解决。管理粮仓的董事迫于军威,将仓谷全部卖出,用粮款做了军饷。从此,两仓粮谷荡然无存,最后连仓库地盘也被重庆地方税务局租用。

民国中期一年的农历二月间,桡胡子黄明忠来到河坝,想修好自己跑短航的揽载船,可正是青黄不接的日子,哪有钱来买木料。他满脸愁云地瞟了一眼江里,水已退下去很长一截,腊月里,这里沉了一只满载麦子的木船。“真是运气不好,本来无滩无浪,结果被轮船的浪浪翻了。”黄明忠心里替别人叹息。突然,他眼前一亮,迅速脱去衣裤,不顾寒冷,跳进江里,游到沉船处,一头扎入水中。不一会儿,钻出水面换口气,又入水。再冒出水面时,黄明忠左手在水里拖着什么,只能用右手在水面划动,努力往岸边游。他居然摸到了沉船上的一袋麦子,脸上的愁云不见了,高高兴兴背回家。川江岸边的人,称这为“捞水湿米”。

黄明忠母亲见了麦子,忙说:“泡了水的放不得,要晒干才得行,一堆一块儿坐的看见了,不知麦子来路,要说闲话的。大家都断了顿,给他们放个信,打伙去摸。”黄明忠听了母亲的话,把“捞水湿米”的消息告诉左邻右舍,大家轻松度过了荒月。这也算是一种济纳。有的“人户儿”感恩黄明忠，砍了自家的大树，送给他修船。

三十多年前，我刚到万县市工作时，经常路过一个叫稀饭厂的巷口，名字有点怪，绝大多数人不知来历，也没想去弄明白。此处有一家卖酸辣粉的小吃店，味道好，食客盈门，因无店名，大家都叫它“稀饭厂酸辣粉”。老板觉得不错，正式做了店名，后来店搬家，仍然打这个招牌。其实“稀饭厂”这名字传载了一段历史。清末，万县城有个经营棉纱的“兴发寿”商号，老板叫陈梅生，是个富有的商人。棉纱属进川货物，当时在四川很值钱，与出川货食盐差不多。陈梅生做慈善，专门雇人煮粥，发放给饿肚子的贫民，过去叫“开粥厂”。每天排队领粥者有数百人之多，每人定量二两。粥，四川人称稀饭，发放稀饭处，逐渐被市民称之稀饭厂，流传至今。此善举延续至民国后，由万县商会兴办的昭明慈善会负责。发放的稀饭清与稠有规矩，以筷子插碗中不倒为准。这样才能饱肚子。

《红岩》杂志原副主编赵晓玲，讲过一个“发放干饭”的故事。1949 年 12 月 1 日，人困马乏、饥肠辘辘的国军溃兵进入重庆北碚，沿北青路逃去成都。街上空无一人，家家关门闭户，当街的门前却有一大桶冒着热气的白米干饭，桌上还有菜，多是蔬菜，有的只是咸菜，也有的有点荤菜，官兵们坐下就吃。也有人家没有饭桌，饭菜就搁在门前的地上。当兵的也有不敢坐下的，端起饭碗，边跑边吃。因为后面有人追赶。这家门前吃光，那家还有,这边街的吃完了,那边街上还有,够他们饱肚子。早在几天前,北碚地方长官卢子英局长,就让老百姓准备饭菜,说好是北碚管理局借的,以后会如数偿还。饭不论干稀,菜不论好坏,都放在路边,方便取用,然后关闭房门,保护自己,静观其变……

从此,我记住了“卢子英”这个名字。

土物俗语

吃带头

小时候在姑妈家看杀年猪，我观察到一个细节。请来的杀猪匠开膛破边时，用铁钩钩住猪肛门，倒挂起才好操作。破完边，他不直接取下铁钩，连着钩周围的肉一起剜割下来，顺手丢在自己装工具的篮子里。钩上带着一砣肥肉，走时提走了。这番动作在不经意间完成。我问过很多同辈人与长辈，都没留意到这点，可能属于个别杀猪匠的习惯。肥肉拿回家可熬一两钱猪油。腊月里，请杀年猪的人户儿多，几天下来，得到一斤半斤猪油不成问题。在过去，这是有油水儿的事。

猪烫毛前，杀猪匠要把猪鬃拔下来，这归他，大家都晓得。猪鬃是猪颈背脊上又粗又硬的长毛，供销社门市收购，是制刷原材料，加工后出口，工业和军事上都用得着。“川鬃”质优，远近闻名。民国时期，有外国商人在川江一带开商行，专门做猪鬃生意。猪鬃归属山货行业，其他诸如药材、皮毛、桐油等山货因天时地利变化而兴衰不定，唯独猪鬃销势一直都旺。

有一年，姑妈对请来的范杀猪匠说，要扎一把洗衣刷子。范杀猪匠没全拿走，留下了一些猪鬃。二十世纪七十年代杀头年猪的工钱五至八角，仍要给，不会少，猪鬃和那砣肥肉算是主人家的“打发”，叫“吃带头”——吃，意为得、取；带头，顺带搭头。这是不成文的行规，或叫乡俗。

旧时烫灶房为猪贩子杀猪，除收工钱和留下猪鬃外，猪腰子也归杀猪匠，炒了下酒。那时候购买力低，一个县城一天杀不了几头猪，猪腰子并不多，不然吃不了。逢年过节会多杀几头，吃不完的猪腰子可卖给小餐馆。杀猪匠天不亮开始操刀，要点灯，也抠猪贩子的猪板油用，或者捡碎碎儿肥肉。那是真正的土种猪，油脂肥腻，灯很亮。油脂灯为铁碗形，焊有一个手提的鋬鋬儿，提着走夜路，大家都晓得是烫灶房的杀猪匠来了。

川江走船，桡胡子会带一些私货，有可能是违禁品，如烟土、食盐。有的不是禁运品，如黄豆、糯米、大米等，只为逃关税。这和“吃带头”有些相似，他们自称“捎带”。1883 年，有个英国人在沙市雇一只木帆船入川。船主是巫山人，拢巫山码头后，出其不意地从舱里搬出几匹土布和几袋大米、檀香，是在沙市悄悄装上船的，英国人一点没发觉。外国人包船，沿途各关卡免查，船主趁此躲脱了缴税。一个多月后，这位英国人返回时，在重庆又雇一只木船。船主也捎带货物，装的是鸭毛，用篾席包裹好,放在自己住的船尾舱里,运到上海销售。鸭毛最终可能会被卖到伦敦去。

过去船主在雇桡胡子时,都要预付一些工钱,好让他们买货“捎带”,顺便挣点“外水”。但亏赚自己负责,这属行规。

自古食盐专卖,贩私利大,捉获后都严惩。川江桡胡子想尽“苦方儿”,铤而走险。川江支流有一偏远盐务机构,也许知道桡胡子辛苦,也可能查不了那么细,干脆放他们一马,每趟允许捎带十斤食盐。这当属极少例。

二十世纪八十年代中期,四川蚕茧利高,一些地方政府不允许跨区域贩运,派港航监督艇在江面拦截。我所在的食品公司利用运猪船打掩护,时不时帮货商夹带一些,装运到湖北出售。装蚕茧有暗语,叫“白果果儿”。听船员说,蚕茧货轻,运价高,夹带又不影响航行。有一次,运猪船在下游邻县被拦截,遇巧这次没运“白果果儿”。但检查人员说上次运了,过境时你们故意开快车,为安全起见,他们没追拦,必须罚款。船长僵持不交,船被扣。生猪属鲜活商品,又是在夏天,因此病、死多条,损失很大。纠纷扯到地区相关部门,最后两县的领导出了面才解决。此事引来中央和省里的新闻记者,发了“内参”。

下川东一带县城,过去一般设有米粮货栈,为商贩免费提供堆放、储存之地。少数大一点的货栈,还附设照看骡马、提供草料服务。当然也不完全是白帮忙,货栈采取“打角子”的方式“吃带头”。

介绍“打角子”前，先说说以前货物买卖怎样称重。那时候大宗货物买卖不用秤。比如猪贩子到乡下买肥猪，没有秤，更没有称猪的大秤。一头猪的价钱，凭自己的经验，买卖双方当场议定，亏赚自愿。这叫“估砣砣”。牵牛送宰的牛贩子更要凭经验，甚至说是本事，牛的骨骼大，稍估偏一点，宰杀后肉的悬殊，少则几十斤，多则上百斤，亏赚风险大得很。现在乡村耕牛买卖，很多地方仍是“估砣砣”。

汤溪河、东河一带的木船运煤，用“印子”计量，也没有秤。“印子”为四棱台形木板框子，上小下大，上无盖下无底，方便计量后取出。计量时，把“印子”抬到码头空地上，撮箕装了煤，一下一下往里倒。装满后向上抬起“印子”，煤堆留在原地，“印子”另放一处空地，重复操作。每堆“印子”的煤计量约两百斤。

像金银和烟土，以及贵重药材之类精细物品买卖时，要用秤称。这种秤很小，最大单位为两，最小以厘计，精确度非常高，叫戥秤，或戥子、戥子秤都可。秤杆多为乌木或兽骨做成，粗细、长短和筷子差不多。铜质的秤盘非常薄、轻，大小如茶盏。秤砣是圆或方形的铜片，如铜圆或火柴盒大小。民间有拿戥秤作比喻的俗语：“家中有金银，隔壁有戥秤。”意思是你经济条件如何，瞒不过邻里乡亲。还有一句：“未必要拿戥子来称？”比喻对人斤斤计较或苛刻。

回过头继续说“打角子”。商贩堆放、储存米粮在货栈，最终是要卖了赚钱。过去卖米也不用秤，用升、斗等计量工具，借用货栈的，仍是货栈的人帮忙。升和斗，为倒过来的四棱台形框子，样式像量煤的“印子”，但下面封了底的，也小得多，一升只有六斤，一斗为六十斤。另有两斤和三斤的量具，分别被称为合（音各）升、半升。合也为旧时的计量单位之一。用量具卖米，卖到最后都可能剩下零头，不足一升，这就归货栈所得，算是报酬。此为“打角子”。

我岳母小时候读书，因物价涨得飞快，学费改交“尊师米”。她在家里拿了钱，自己去米市买，提不动，由卖米人帮忙送到学校。卖米人为挑担进城的农民，无秤，也没带升、斗，市场上有人专门出借，帮他量米。斗或升装满后，拿“丁”字形的木“趟子”推平升口或斗口，落下来的散米为出借量具人的报酬。卖米人肯定不会一股脑儿往斗或升里倒米，特别是快要满的时候，会悠着点慢慢倒。但不能有凹凼，不然买米人不干。因此，出借人就在这种平衡中得点“残羹冷炙”。

川东有一乡场，附近村民逢农历三六九日赶场，在文庙卖米。庙里和尚备有升与斗，统一由他量米，以示公平。升、斗满后，和尚不用“趟子”推米，用手抹，抹两次，第一次落下的米仍属卖米人的，抹第二次时落下的才归他，算庙里的收入。落下的米大约相当升、斗里的百分之一不足。

下川东一带桐油产量大，农民挑进城卖，桐油公会派人查验质量。此人用一截带圈的竹竿，样式有点像现在调和鸡蛋的小用具，在油篓中慢搅，看里面掺假没有，是否有杂质。桐油非常黏稠，验完提起竹圈时，往往粘有一二两，冬天会粘得更多。验质人专门用盆搁放竹圈，粘的桐油滴在里面，要不了多久就是一满盆，算他的回报，油帮公会不再给他开工钱。这叫“打勾秤”。

我听苏老先生说，他们县桐油公会“打勾秤”的人姓赵，每年要从得到的桐油中拿出一百斤来，为桐油帮端午节竞技的龙船打二道防腐油。这与“船板凳”（船工）拿出部分“出秤”治滩差不多。澎溪河木船运米，交货时，多出的斤两为“升溢”，归船板凳得，叫“出秤”。当然，缺斤少两也由他们赔。《开县交通志》载，1934 年、1935 年，各方集资整治猫抓子以下各险滩，其中运米船户捐出 1934 年 4 至 9 月的“出秤”。同时，粮帮公会也将扣下的船户差秤米款三百元拿出，一同用于治滩。

“吃带头”并不“伤筋动骨”，在双方承受能力范围内。因此过去民间比较时兴、普遍，方法还有多种。

农村栽秧和挞谷叫“抢种抢收”，简称“双抢”，因体力用度大，农民需喝点酒解疲劳。打酒凭票的年月，供销社专门供应“双抢酒”，不要票，也不收钱，用粮食斢。三斤高粱，或三斤半苞谷，斢换白酒一斤。按常规，一斤高粱或一斤苞谷，可烤酒半斤至七两。多斢的粮食烤出的酒，赚得的钱，用于支付斢酒的成本费用外，剩余的为应得利润。

贫困年代，家里来了客人，没什么好招待的。主妇会撮几斤麦子，让家里的细娃儿提到生产队面房，换回一把挂面。斢换标准是，一斤麦子斢七八两挂面。差缺是因为磨面粉时要产生麦麸，可做饲料和酒曲，归面房得，充当加工费。如果一斤麦子只能斢到半斤或六两挂面的话，那一定是好面粉擀的，产生的麦麸多，划得来。

筷子

两千多年前，筷子还没发明出来时，古人吃饭用手抓。吃肉也是这样，拿刀把煮熟的肉划成小块，用手抓了送进嘴里。儒家礼教古书记载：聚餐时抓饭不得乱抟，或者把粘在手上的饭拨放回去。而且饭前必须洗手，不允许两只手相互搓一下了事，别人看到了，心里会不舒服。

我心想，古人手指甲长了咋办？那个时候肯定没有指甲刀。古人喝汤吗？如果喝，应该有调羹或勺子吧？用这吃饭总比手抓强……

筷子到底是什么时候出现的，不得而知。不过到了西汉时，人们普遍使用筷子了。但名字叫“箸”。现在川江一带土话仍说：拈一箸菜。

“筷子”之名，说是长江上桡胡子喊出来的。桡胡子在“血盆”里讨饭吃，险象环生，航行中忌讳之事和忌说的话很多。箸，与“住”同音，停止的意思。航行之船停止，不是好事，就反起来说“快”。箸又因是竹子制成，久而久之加上竹字头，便成了“筷子”。川江桡胡子用筷子，不能横搁在碗口上。预兆船被打劈，撑船的篙竿漂在水上。打劈即打烂，也忌说。川江放排人，筷子自己用自己保管，不能抓起一把，一支一双地分发。这意味着散排，木排大忌。川江桡胡子把筷子也叫篙竿，他们靠这东西吃饭，一语双关。

竹筷子之后，玉、铜、银、红木以及珍贵的象牙等材质的筷子不断出现，但只有帝王将相与富贵人家才用得起。古代银筷，据说可试探食物是否有毒，不知真假。现有人提出异议，说是文人杜撰的。

二十世纪七十年代，我们巷子一户儿吕姓人家，老汉儿是个采购员，那时挺吃香的工作。有一次去上海出差，带回一席化学筷子。他家细娃儿吃饭端着碗筷出来“摆街”，同街的小伙伴看到后羡慕惨了。后来得知，化学筷子是尼龙品质，那几年用这种筷子时尚。在家里乖巧、听话，学习成绩又好的细娃儿，大人往往会买一双作奖励。我反正是没有份儿的。

小学五年级时，有一次春游，我和班上同学搞野炊，吃饭时才发觉忘了带筷子。我们在山坡上搬来很多细树枝，当筷子用，嘻嘻哈哈地照样吃得锅底朝天。看来用什么筷子吃饭并不重要。

小时候我常在姑妈家过年，同街一户儿姓向的人家，吃团年饭奇趣。蒸一甑子猪肉糯米饭，把一大把筷子插在甑子里，抬到堂屋中间的桌子上，不要勺、不用碗，每个人直接拿筷子在甄子里挑着吃。只要是他家的近亲,不用请,都可以来吃。据说清初“湖广填四川”,向姓几兄弟拢了落脚点后,吃第一顿饭时没碗筷,擗了几根细树棍儿,男女老少,在锅里挑吃。后人团年时便用这种办法祭祖。

川江一带吃团年饭时规矩多,最忌讳打碎饭碗和把筷子掉在地上,这是来年不吉利的前兆。我姑妈和姑爷忙了几天的团年饭,桌上摆满了盘、碗、钵,哪还有搁饭碗和筷子的地方。我只能用手紧紧端着碗、抓住筷,生怕掉在地上,给喜庆的气氛添“岔子”。有一年团年时,我去舀饭,右手握饭勺,左手又端碗又夹筷子,一不小心突然掉了一支在地上。当时吓坏了,幸好姑妈姑爷没看见,赶紧捡起来插在裤腰里,另换一支。但我心里一直忐忑不安,这顿团年饭吃得一点不快活。吃完团年饭,我跑到屋后的山坡上,烧了这支筷子,并在心里一个劲儿祈求老天爷不要惩罚我,也不要惩罚姑妈一家。

竹木筷子用久了,容易起霉生细菌,健康专家说对人体不利,建议少用、勤换,并定期高温消毒。现在最新式的是陶瓷筷子,并非普通的陶瓷制品,是氧化铝陶瓷粉末在一千六百摄氏度高温下,用三百吨重压制成的高科技环保筷子。

我岳母年轻时去巫峡深处一个乡村搞社教,有一次从生产队回大队驻地比平时晚了点,大家已开始吃饭,筷子用完了。煮饭的社员把自己正吃的一双,夹到狭孔(腋下)里一抽,算是擦干净了,递过来:“我这儿有。”然后擗下竹响篙上的一根篾条,折断成两根当筷子。岳母要和农民兄弟“打成一片”，不嫌脏，也不怕细菌，接过来，马上开吃。

过去川江船员有一个习惯，每顿饭吃了，用一小块布条，或扯一坨擦机器的棉纱，把碗筷洗净擦干后，再裹在筷子上，固定放在一个自己知道的地方。洗碗时，小布条和棉纱顺便可以擦一下嘴巴。那时没餐巾纸，嘴有油，擦在手绢上不安逸，说不定是女朋友送的，更舍不得。

一个姓忻的拖轮水手，很少很少的一种姓。那是1982年的一天，他退休了，马上要上岸。收拾东西时，突然，一双明显看起来比一般筷子要短很长一截的他平时吃饭的筷子出现在眼前。他毫不犹豫地抓起，一扬手，丢进了江里。再也用不着了，回到家里有很多。

随即，他又似想起了什么，回过头，望着江面漂浮的那两支筷子，心想：会流回上海吗？

二十九年前，忻水手从上海随挖泥船入川。临走时，母亲给了他这双筷子。出远门的人，带上一双家里的竹筷，在外不缺饭吃。这一吃，一双筷子竟吃了整整二十九年，还吃短了一大截，如他的姓一样，少有。也不知吃下了多少细菌。

爪钉鞋

古人的雨鞋用木板做成，板面有鞋襻，板底钉着木齿。下雨天，穿着布鞋套进鞋襻，靸起走，不打湿脚又防滑。雨鞋的名字叫木屐，大家都认识，早在春秋时期就有了。但当初并不当雨鞋穿，说是晋文公为纪念介子推发明的。这个上网可查，不细说。

二十世纪七十年代，我十来岁，看见盐厂灶房工人穿这种木屐，喊板板儿鞋，文雅一点的称木拖鞋儿。灶房地上湿漉漉的，含盐分，草鞋、布鞋要不了几天就穿烂了，雨靴又不透气，皮鞋根本穿不起。最关键的是，熬盐的灶大，出炉渣的下洞比人高，下去掏渣时，木拖鞋儿踩着带火星的炭渣没事儿。盐熬出来后，要拖到炕盐坪烘干，炕盐工人也穿木拖鞋儿在盐堆里来回翻、铲，光脚板会被盐漤坏。

古人穿木拖鞋儿想来很普及，古籍多有记载外，古诗中提及的也不少，李白、白居易、司马光、辛弃疾这些名人都吟唱过。最有名的恐怕要数宋朝诗人叶绍翁的《游园不值》，后两句几乎人人皆知："春色满园关不住，一枝红杏出墙来。"我要说的是前两句："应怜屐齿印苍苔，小扣柴扉久不开。"——园子的主人也许担心我的木屐踩坏了他爱惜的青苔，轻轻敲叩柴门，好久都没人来开。

在我看来，又硬又重的木拖鞋儿不仅踏坏苔藓，靸起走，后跟溅水，还弄脏裤脚。走过没水的地面和楼板时，摩擦声响又大。二十世纪八十年代，日本电影电视剧在国内陆续播放，剧中人物，特别是男女主人公爱穿木拖鞋儿，一时间，商店里当时尚品出售。当年我女友赶时髦，买了一双，木板米色，配粉色襻带，上缀一朵绒花，精巧好看。她第一次穿时，宿舍走道上啪嗒啪嗒的清脆声格外盈耳，同事纷纷从门里探头看，弄得她很不好意思。回寝室后，把它塞到床底下，再没穿过。后来怎么处理的我就不知道了，因为女友成了别人的女友。

同样是古代，在南方，因为多雨，木屐有了改进，不用木板做，而是把一截树干外形打磨成鞋样，里面挖空，穿着布鞋套进去，相当于穿鞋套。这种木屐最长达三十八厘米，考古人员发掘出来后，取了个新名字：木履。

民国时期，下川东的老百姓下雨天穿爪钉鞋，可自己做，也可在鞋铺买。爪钉鞋帮子用布四层，鞋底密纳后，均匀地钉上十来颗带爪的铁钉。因此称了“爪钉鞋”这个名字。然后往鞋底一遍一遍地刷桐油，干了再刷，刷了又干，反反复复，直到整个鞋底被桐油浸透，连鞋帮子下面一圈都饱含了油脂。

我岳母小时候穿过爪钉鞋，她说，鞋底拿刀都砍不断，防水防滑效果好。因为是布的，穿起来比木拖鞋儿好走路一些。她加重语气说：“那时穷啊，也是想苦方儿。”下川东一带，“想苦方儿”的书面语言叫“苦办法”“穷办法”。

徐老伯当挑二贩卖官盐时，从开县温汤井经巫溪县到陕西安康一带，翻山越岭，山道陡险，冬天路面因霜结冰，叫打凝，又硬又滑，像是走在玻璃板上一样。他说爪钉鞋不管用，鞋上要套鞋犁穿才行。鞋犁为土碗大小的椭圆扁铁圈，在铁匠铺打制，有锯齿的一面触地，椭圆形微微上翘，绑扎着羊皮鞋襻，叫“过肩笼”，套在脚背上。徐老伯解释说，过肩笼上的带子要绕踝骨系一圈，很多人开始不晓得，走着走着，鞋犁就脱了出来。

鞋犁，像犁田一样破了路上的凝，自然就不打滑了，很贴切。其实这个“犁”字是我安的。徐老伯已九十三岁，属上寿之年，识字不多，说不清楚到底是哪个字。我觉得应该是这个“犁”。

“没得鞋犁的挑二，走凝路的时候，就用草绳绾一个圈圈，套在鞋子上，也不溜了。”徐老伯听我询问“犁”字，补充道，“这种叫草脚马子。”

如果经城口县去陕西，要翻大巴山，路更陡，陡得前面挑二的脚后跟，可踩到后面挑二的肩上。徐老伯说，连夏天时路都不好走。他们因此用一头翘的扁担，货物绑在翘头上，翘头朝前，挑担在肩，高出两三个人头来，才撞不到前面的路。挑二们自嘲为“龙抬头”。路太陡，更多的是背二，货物放在“背夹子”上，用肩背起走。

山路开凿不易，仅几尺宽，一边是坎，另一边是崖，背着东西错身，必须十分小心，掉下去就没得命了。路窄没“稍台”，想歇气，背夹子卸不下来，用打杵支撑着省点力，再叉开两腿，构成一个三角形，有了稳定性，趁机喘个气。如果要屙尿，就这样撑着屙。徐老伯摇着头说，女背二屙尿同样站起，也不管羞不羞人了。她们都带了一只笋壳，放在胯下接起，才屙不到裤子上。一路上，背二大汗淋漓，额头上的汗水直往下淌，蒙住眼睛，看不清路，胸前挂个篾条圈圈儿，用来刮汗水。背夹子是木棒做的，抵着腰背坚硬，背二便用稻草做一个腰垫，就舒服多了。

爪钉鞋、鞋犁、翘扁担、笋壳接尿……这些“想苦方儿”的故事读着酸楚，但却有它的“巧”与“趣”。换个说法，“想苦方儿”也叫“穷则思变”——在穷困艰难的时候，想办法改变现状。

城里的老百姓和挑二、女背二何尝不是？哪怕改变的是那么的微乎其微。

蓝花土碗

过去，汤溪河鱼泉坝的人给满八十岁的老人祝寿很讲究，舍得花本儿。这是子孙表现孝道的好机会。过了八旬的老人归天，称“白喜”，鱼泉坝人也不吝惜钱，丧事办得隆重。

祝寿和白喜都必须办席请客。过去不兴上馆子，小地方也没有馆子，在自家院坝办“田席”，放眼就是田边地头而得名。现在更形象，叫坝坝席。临时打灶支锅，东家借桌子西家搬板凳，街坊邻居帮忙洗碗、淘菜，挂礼、支客。食料就地取材，全是“三蒸九扣”的重油荤菜。几十桌流水席，敲锣打鼓、吹拉弹奏，热闹得很。而田席桌上，格外抢眼的要数那一只只崭新的用来吃饭的“蓝花土碗”，土白色的碗沿边上勾画着湖蓝色的简陋花纹。

凡是要办这种事的人家，事先已有准备，在窑场烧了一批蓝花土碗，统称寿碗。祝生的寿碗上写着“喜逢某某大人八旬崇寿志庆儿女孝敬”等文字，不打标点符号。白喜的蓝花土碗则不适合写字。

这些蓝花土碗几百只，却只能派上一次用场。田席结束后，全都不翼而飞——被那些坐席的人悄悄揣走了。对于揣碗的举动，主人家没有丝毫责怪之意，反而高兴，被揣走得越多越好，表明是对主人家的尊重。

坐席人揣走蓝花土碗，是拿回家给细娃儿吃饭用。高寿的老人一生经历了许多事，用这碗能消灾除病，赶上老人的寿延。鱼泉坝的细娃儿哪个没用蓝花土碗吃过饭？每家每户都能拿出一摞大小差不多，新新旧旧、缺口破缝的蓝花土碗。鱼泉坝代代长寿者居多，确信是蓝花土碗让他们赶了老人的寿。

有一年，汤溪河上的鱼泉坝通了公路。不久，省里一位记者进来采风，发现这里自然风光十分秀丽，又写文章又拍照片，介绍到外面。渐渐地，鱼泉坝成了远近闻名的旅游景点，游玩的人越来越多。

有了公路，汤溪河上的机动船都跑到大河去了。鱼泉坝留下的老桡胡子手持篙竿，背负纤藤，驾上鹅船载旅客来来去去，汤溪河恢复了往日的繁忙。不时，老桡胡子在船头还吼几句早已不唱的汤溪河号子，引来游客阵阵喝彩……鱼泉坝人聪明，想着赚钱的花样。

有一天，鱼泉坝来了一位中年游客，对美丽风光不感兴趣，摇着头说：“都差不多！”看来是见过世面、到过不少地方的人。

他倒是喜欢上了鱼泉坝人常年饮用的那股井水——鱼泉，喝了一肚子不算数，临走，还带上几大瓶。这事被鱼泉坝人当成茶余饭后的笑料，摆了很久。

又一天，中年游客又来了。他和镇政府签合同，在汤溪河的大鱼泉边建起饮用水灌装线，生产“鱼泉”牌桶装水。他是一家饮料厂的老板。

鱼泉坝的人这才知道，常年饮用的鱼泉水使他们长寿，少得病。更让鱼泉坝的佑客们惊讶的是一个新词：“更年期”，而且知道她们要比外面女人的更年期至少推迟两三年。

金霞

施家大女娃子带儿子回娘家耍,来我们院坝找那些佑客婆婆扯闲白。一岁多的儿子突然屙屎,她没纸揩屁股,抱起就往旁边的小沟里跑,用水把小屁股洗得干干净净。洗完,看到我正放学回来,不知触动了她哪门神经,说:“你唧个姓陶,淘菜、淘米的淘?”接着一阵笑,“我刚才就给我幺儿淘了屁股,哈哈哈……”

第二天我从施家门口过路,施家大女娃子抱着儿子戏逗我:“陶屁股,到哪儿去?”我不理睬她。

没想到这成了我诨名,全街人都晓得了,男女老少都这么叫。下川东一带土俗话称“屁股”为“屁眼儿”,儿化音。渐渐地,诨名变成了“陶(淘)屁眼儿”。

我住在川江支流汤溪河边一小镇上,距县城三十里,有个大盐厂,历来为商贸繁荣之地,北可去陕西,南可通江到湖北。老辈人说,属水流沙坝,民风粗俗,但也不乏钟灵毓秀、人文厚重之气。两个极端。

施家大女娃子给儿子洗屁股的小沟流向汤溪河，越往下越深，沟上建了几个石板桥，最上面那个用三块整条石搭成，我们这条街的人常过。某天，桥石板上出现一行字："伍家女娃子来×我。"用小石头写的，字稚嫩，是细娃儿的笔迹。水流沙坝上的细娃儿也顽野。

我朝字屙了一泡尿，再用脚来回擦了几遍，看不见了才离开。伍家有五个女娃子，老三叫伍金霞，与我同岁、同学。我没告诉她桥上写字的事。她是女娃子，这种话说不出口。

伍金霞当我们的课外学习组长，她学老师，用红墨水钢笔给我们改家庭作业。我当时很羡慕。"来，把手伸过来！"有一次做完作业，伍金霞笑着拉过我的左手，在手心上滴了一滴鲜红的墨水，说："回去糊你姑妈，说手板心流血了，吓她一下。"我嘿嘿直笑："要得。"回家红墨水已干，不像血，没糊弄成姑妈。

伍金霞的老汉儿在汤溪河走船，给盐厂装煤炭，三天回一趟家。每次回家，一边喝酒，一边吷金霞妈："不争气的死佑客，给老子屙了一屋的女娃子。"有一天，伍金霞不愿听老汉儿的骂声，跑出来找我玩，对家里说去"捡煤炭花儿"，她右手挽着一只竹篮子。

盐厂烧煤熬盐，炭灰倾倒在汤溪河边的灰堆子上，镇上的女娃子都去捡没烧尽的炭颗粒，拿回家再烧。捡煤炭花儿的女娃子又野又"恶糟"，经常争灰堆子地盘吵架吷人，互打起来，抓破脸、扯烂衣服的事不少。但伍金霞例外，从不和别的女娃子吷吵，能捡多少是多少。她也从不喊我诨名，而称呼我名字。但我叫她“金霞”，不喊全名。

“你不捡炭花儿，回去不怕挨吷吗？”我问金霞。

“四平要给我拿炭花儿来。”金霞压低声音说，“他偷她姐姐二平三平的。”

四平是我邻居，排行老四，家里的细娃儿不分男女，小名从大到小：大平、二平、三平……他年龄比我和金霞都大，老汉儿在盐厂当工人，许下口说今后让四平“接班”，因为他上面都是女娃子，大平已嫁了人。盐工工资高，一人工作养全家。我们经常唱道：“女娃子，快点长，长大嫁到大盐厂，三天一个牙祭，五天一个膀，半个月关回饷。”四平在同街细娃儿中很得意，好像马上要当盐厂工人了。

那时候晚上九点后要拉电闸，只能点煤油灯，费油得很。听说白水滩供销社有煤油卖，不要供应票。来回差不多二十里路，一大早，我和四平、金霞一起去打，各自提了两三个空酒瓶。走拢后才知限量，营业员只允许我们每人打一斤。空瓶子我正好用来装麻鱼子，来的路上，看见路边水沟里很多。我还捞了几根藻草放进去，小鱼儿上下游窜，好看。如果斜看瓶壁，那小鱼儿又胖又大，有趣得很。一路上我不时提起瓶子，拿到眼前看看。

走着走着，我突然尿胀了。早上多吃了一碗稀饭，姑妈担心我走路远，肚子饿。金霞在一路，不能随处撒。我让四平帮我把油瓶鱼瓶提起，一个人跑得远远的，看不见他俩了，才解开裤带。屙完后，又一阵小跑回来。四平马上就把瓶子递给我，责怪说：“一路上你事多，快点，要回去赶午饭！”我一眼发现，麻鱼子全装进了煤油瓶里。我气呼呼地要斥问四平，这时金霞帮我数落道：“我叫他莫往煤油瓶里放，他就是不听，还说试验一下，看它们能活多久。”我白了四平一眼，提着瓶，一个人直往前冲。

有一天放学路上，四平突然跑到我面前，把一根食指伸到我鼻子下，诡笑着问：“好闻不？”不知他搞什么鬼，一种从没闻过的臭气，还好，气味并不大，我赶快躲过头。见我没吭声，他接着告诉我：“这是我抠的屁眼儿的臭味，‘陶屁眼儿’没淘干净。哈哈哈……”一阵幸灾乐祸的大笑。我顿时傻眼，赶忙捂住鼻子和嘴巴，生怕他再让我闻，整到嘴巴里了。

我怀疑桥石板上的字就是他写的。

我对金霞说：“莫要四平的炭花儿，我跟你去捡，帮你捡。”

“不不不！”金霞一连串地拒绝，“男娃儿捡炭花儿，别个要笑的。你又是街上的娃儿，妈老汉儿都当的干部，更要不得。”我爸妈在县城上班，不到两岁时有了妹妹，我就被送到姑妈家来了，姑妈和姑爷在蔬菜场种菜。金霞说的“街上”指县城，称在公家上班的人是“干部”。

我想到一个办法：“那我们去下洞捡，找杨伯伯帮忙。”下洞是盐灶除炉灰的地方，又高又大，经常漏炭渣下来，怕烫伤人，一律不准捡炭花儿。杨伯伯家挨着姑妈家，他和我姑爷关系好，喜欢喝酒，酒票又不够，找我爸爸在县城帮他买过几次。“嗯。”金霞点头同意我的提议。

带着金霞来到灶房，刚进去，只见几个光条条的盐工正在忙碌。“呀！”金霞尖叫一声，跑了出去。熬盐是高温作业，雾气也大，盐工喜欢打光条条做活路，大家都晓得。但我俩事先都没想到这点，毫无心理准备。

熬盐灶从前往后竖排两行圆与方形的大铁锅，共十八口，每口锅里白色卤水翻滚。听说曾有个盐工不注意掉进了锅里，捞起来就是骨头架架了。我一个人进去，小心翼翼走在灶边，在最里面找到杨伯伯。他不是光条条，腰上围了块白帕子。我听盐工哼唱过：“炭老倌一块帕，擦汗洗澡又揩胯。”

杨伯伯很热情，又惊讶：“你来喝清凉茶？哪个不拿个装的？”夏天的时候，隔三岔五要给灶房工人供应清凉茶。每到供应清凉茶的那天下午四点后，很多细娃儿拿碗钵去端，盐工子女才有这个份儿，是他们老汉儿省下的。然后他们得意地在我们面前喝。我不习惯清凉茶的十滴水味道，回答不喝，告诉了来意。“莫去下洞捡，烫了不好说。”杨伯伯爽快道，“你去把篮子拿来，我给你选一篮子砣砣煤炭。”我飞也似的跑出去找金霞，可没见她人影。

在汤溪河边的灰堆子上找到金霞，我把好消息告诉她：“莫捡了！走，我们去装砣砣炭。”我没注意到她不高兴。“不要！”她冷冷地回答。

我这才见她板着脸，咕噜道：“我又不是故意的。”她一直不理我。我站在旁边觉得无趣，过了一会儿，只好一个人回去了。

第二天上午，妈妈突然来到姑妈家，要给我转学回县城，说这样才好进县中读书。当天下午，我就跟妈妈坐班车走了。

上初中后的暑假，我回了姑妈家。但没见到金霞。她和她大姐去了舅舅家，舅舅被生产队的牛顶死在圈里，舅妈伤心，去陪她住一段时间。

后来见到金霞，是初中二年级的秋天，姑爷去世了，我请假回到镇上。

姑爷下葬后，我回城前去找金霞。她小妹妹说，在河坝淘石子。小卵石淘去泥沙后送往建筑工地，我晓得那片河坝，直接找去。

汤溪河清澈见底，静静流淌到这里拐了个大弯，下游不能再走船了。我踏上大弯拐过留下的大片卵石滩，远远看见金霞卷起裤脚，赤脚弯腰站在水边，双手端着竹筛在水里左右筛淘，身后卵石上摆着一双肥大的黑雨靴。

我走近，喊了声：“金霞。”她扭身抬头一看，手里的竹筛一下子掉在水里，立马抓起来，一只手提着，然后直起身问：“你啷个到这儿来了？”眼里充满惊讶、慌乱，白皙的脸庞唰地红了，瞬间又褪去，仍是白净。旁边也有两三个淘小石子的人，听到喊声，边淘边看着我们。

金霞接着又问：“你姑爷埋了？”我点点头，问她：“你啷个不穿雨鞋？不冷？”

她笑笑：“是我老汉儿的，我穿起像划船。”两年中，金霞长高了许多，似乎比我还高个帽帽儿。我下意识中瞄到了她双脚，裤卷下露出白嫩的小腿。一瞬间，我心噔噔噔快速跳了几下，赶快移开眼睛，问：“你妹妹说你没上学了，啷个不读了？”

“越来越读不进去了，干脆不读了。”金霞说得有点理直气壮，我一时无语，竟找不到话说了。

“你回去读书后，我在舅妈农村给你捉了几条鲫壳儿。”金霞找了个话题，“我晓得你喜欢喂小鱼儿。”

“那鲫壳儿呢？”我问。

“早就死了，是好久以前的事了。我老汉炸了吃了，下酒了。”金霞捡起一块薄石块，往河里打水漂，没漂起来，“咚”地一下直接丢进了水里，“我老汉儿吃鲫壳儿的时候说，陶家娃儿不是这条河头的鱼。”

“是么子意思？”我追问。

“我还不是不晓得。”金霞肯定知道，她不愿说，我感觉得出来。接下来，她拿起竹筛，又开始淘石子了……

“明天上午给姑爷上了坟，我就回去了，要上课。”我给金霞告别。

“要得！”她直起身回答，没想到居然接下来喊了一句我十分讨厌的诨名：“陶屁眼儿！”

“你啷个要喊我诨名？”我真有点生气。

“就是要喊、要喊！”她笑着，我认为她有点耍横，不高兴，转身走了。

我再没回过镇上。姑爷去世后，在外地工作的表姐夫调回县城，姑妈和表姐一家搬到城里去了。不幸的是，两年后我父亲也去世，正上高中的我也不读书了，成为县城国营商业公司的一个小杂工，刚满十六岁。以后的三十年时间里，我这条“鱼”一直漫无目的地奋游着，游出了县城，游远了，彻底忘记了金霞这个曾在我童年和少年的河里畅游过的女娃子。甚至某一天，小镇也随三峡库区蓄水永远消失了。

记起金霞，是兴起 QQ 群后。老乡群里有个网名“转转虫”的，喊出我的诨名加我。“转转虫”是女娃子，当然是个“老”女娃子了，也肯定是旧邻，我却想不起她是谁。就叫“老女娃子”吧，临时取个诨名，在她 QQ 上备注。

“老女娃子”的头像闪个不停，噼里啪啦说了很多，我偶尔回几个字，表示在听。夹杂着她也说到金霞，当然轻描淡写，我听后却目瞪口呆。八十年代末，金霞嫁给当上盐厂工人的四平，后来盐厂破产，四平到湖北沙市做工，遇锅炉爆炸，不知是死是伤。“老女娃子”没说，我没问。金霞九几年去了南方，挣了不少钱回家。小镇消失之前，“老女娃子”在居委会上班，有一天接到一个长途电话，一个操“广普话”的男人说找“阿霞”，请帮忙转告，下午来居委会等他电话。

“阿霞”？伍金霞也有了诨名？我想了想，这不算，只是个别名,或者叫昵称。不过“阿霞”好听,我有点喜欢。

我也记起了金霞老汉儿的话:“陶家娃儿不是这条河头的鱼。”

我也不晓得我属于哪条河。

茶解

一

魏老六的女祖祖去世前给后人说:“我掉气时,你们把茶叶放一把在我嘴巴里,我就能回来看你们了。”茶可解毒,魏老六女祖祖过奈何桥后喝孟婆汤时,嘴里的茶叶正好解了药性,就不会忘记人世间的事了。

茶在被认识时,其解毒功效亦同时为人们所发现。上古部落首领神农氏为民治病,遍尝百草,掌握药性。有一天,尝了一种名叫“滚龙珠”的草后舌头发麻,十分难受。当又尝到一种灌木嫩叶时,感觉一阵舒服和痛快,毒解了。于是,神农氏发现了茶。这是关于茶的来源说得最普及的版本。但三峡地区却有另一种说法。有一次,药王菩萨尝蜈蚣虫中了毒,倒在一片矮树林里。第二天早晨,他睁开眼醒来了,心想:是哪个神仙救了我?这时,矮树叶上掉下一颗露珠,正好落在他嘴巴里,顿觉满口清香，精神一下子振奋起来。这叶子能解毒？药王菩萨欢喜地爬起来，挖了一棵回去。这就是茶树。

我更愿意相信药王菩萨得茶的故事，意外所获，比较自然。

魏老六小时候听大爷爷摆龙门阵，女祖祖后来真的回来过。她生前最喜欢幺孙，每次回来都附在他身上，幺孙这时说话完全是女祖祖的声音。女祖祖生前是四周村子里有名的“喜娘”，很多人的命都经她的手诞生。她在“那边”仍做“喜娘”。最后一次回来时，女祖祖说：我接生的数满了，马上要投胎，今后不再回来了，你们各人要好生点。女祖祖真的没再附幺孙身回来。

明朝中期，有一个比李时珍稍早的医学家叫汪颖，他在《食物本草》里也记录了茶解毒的故事。有一个人好吃烧烤鹅，天天吃，从不间断。旁人都替他担心，久吃烧烤食物内热重，身上要生毒疮。但这人一直没事。后来打听到，每天夜里，他必喝一大碗凉茶，无意中，茶解了内毒。

少年时，有一天，我表姐的脚背莫名红肿起来，姑妈怀疑是被有毒的虫虫儿爬了，于是泡了茶，等茶水凉之后，清洗表姐脚背红肿的地方，每天好几次。晚上再把茶叶嚼碎，和着口水敷在红肿处。天天如此，几天后表姐脚背的红肿便慢慢消了。

二

我小时候生活的镇上有个大盐厂，盐工“卖工”都在茶馆里进行。熬盐是昼夜不停的工作，盐工有事，或者累了、病了，想休息几天，必须找人顶替。此为“卖工”。现在叫“招聘临工”，茶馆便是“劳务市场”。

表姐的公公老汉儿熊伯伯，是个盐工，住姑妈家沟对面。我小时候很乖巧，逗人喜爱，他常带我去茶馆玩，每次少不了给我买油馃子、麻花、饼干之类的粑粑吃。熊伯伯因为卖工，认识的人多，一进茶馆门，就有熟人喊道：“熊老匠，茶钱我这里会了。”就是帮他付茶钱。这是一种习俗，叫“喊茶钱”。喊茶钱的人越多，意味着面子越大。熊伯伯也不推辞，立即拱手，连声道：“换过，换过。”这是一句客套辞，意思是下次我给你“喊茶钱”。茶馆里的茶具都是盖碗，当别人替你付了茶钱后，要立即将茶碗上的盖子揭开，在茶碗里荡一下，以示感谢。称“揭盖子”。

茶馆历来都是摆龙门阵的最佳场所。1908 年的冬天，重庆茶馆传出一件骇人听闻的消息：桐君阁药房开业，竟然砍了一个活人的头当血牲祭品，说得有鼻子有眼。真实情况是，桐君阁老板与衙门审讯官的父亲是朋友，事先知道开业前要在鱼市口处决犯人，离药房不远，便置办好香烛和纸人纸马，巧借行刑来祭祀药房挂牌，以此造个声势。果然达到了效果，茶馆帮了忙。

我十多岁时，在离我家不远的城墙边一个吊脚楼茶馆里，听过一个龙门阵，说日本资源匮乏，但技术好，我国炼钢的废煤渣，他们买回去可再作燃料用。花钱买废渣，觉得吃亏，便开一艘空船来，一路走，一路生产，拢中国后，满满一船化肥，卖给我们。而生产化肥的原料,说是来自空气中的氮。这龙门阵吹得大,应了茶馆里一句形容说评书的俗语——“张飞打岳飞,打得满天飞。”茶馆里听来的故事不必较真儿,图个热闹。

二十世纪八十年代初的一天, 外公坐木船从乡下来到县城,匆匆忙忙吃了午饭后,说要去小东门的冯家茶馆。母亲大吃一惊:伯伯什么时候学会了坐茶馆?那可是闲人去的地方。外公解释说:比期到了,我找“夏燕客”收账,上个月卖了几张羊皮给他。夏为姓,“燕客”的书面语称经纪人、中间商,三峡地区民间又喊贩子客、二道贩子。过去赊账或者归还借账,约定的兑现日子叫“比期”,每月五、十、二十、二十五日为“小比期”,“大比期”是每月十五日和月底最后一天。兑现地点一般都在茶馆里,闲人多,管闲事的也就多,扯皮时正好做个见证。“燕客”平时爱在茶馆里走动,三教九流的人都有,门路多,消息广,对生意有利。

重庆旧时的茶馆,常请人写上一副对联,增加文雅之气。以前巴县大兴场一家茶馆对联这样写道:“哥子莫忙, 且呵锅烟去。弟娃有空,请喝碗茶来。”横批“忙里偷闲”。这些对联并不一定工整,算是俗对,但有趣,地方味浓。民国时期,朝天门附近临嘉陵江一家茶馆,门边挂了副牌匾,有点长,夹杂重庆土话:“楼外是五百里嘉陵, 非道子一支笔画不来; 胸中有几千年历史,凭卢仝七碗茶引起也。”

上联中的道子是唐代画家吴道玄,天宝年间,唐玄宗思念嘉陵江山水,命吴道子去写生。他泛舟江上,仔细地把一幕幕美景铭记在心，连一张草图都不画。回长安后交卷，在大同殿的墙上挥笔，一日而成《嘉陵江山水三百里图》，旖旎风光跃然于上。唐玄宗看了，赞不绝口。

下联里的卢仝，唐代诗人，一生爱茶成癖，被后人尊为茶仙。日本江户时代，他著名的“七碗茶诗”被传去后，深受尊崇。二十世纪八十年代《济源县文史资料》记载：1941 年，日军在卢仝故乡济源县的乡村扫荡。一天，一队日军进入思礼村，带队的军官看到村头有块石碑，便询问翻译。当得知是“卢仝故里”几个字后，马上鞠了三个躬，然后带队离去。思礼村因卢仝免遭一场灾祸。

三

唐代茶圣陆羽在扬州与朋友喝酒。朋友问，煮茶用什么水最好？陆羽答，扬子江南零水。南零水是扬子江江心金山岛上的泉水，此岛靠近扬州对岸镇江一边。朋友马上派人坐船去取。水取回来后，陆羽从罐里用勺舀起一扬，说：“这是江水，像是靠近岸边的。”取水人争辩道：“大家明明看见我坐船去岛上取的，怎能有假？”陆羽拿过一只盆，把罐里的水往里倒。倒了一半时，又用勺子扬起水说：“这开始是南零水了。”取水人顿时傻了眼，只好如实相告：“我一直抱着罐，快到岸了，船一晃，洒了一半出去，我担心水少了，赶紧在岸边添满。”在场的人开了眼，无不惊叹。

世上野生茶树起源地在云贵高原，而饮茶是从古蜀国传出去的。明末清初学者顾炎武在《日知录》中说："自秦人取蜀而后，始有茗饮之事。"当然，那个时候饮用的是野生茶树上的茶叶。人工种植茶树，文字记载最早也是从四川开始的。《舆地纪胜》《茶谱》《四川通志》《名山县志》等多种古籍记录，西汉时期，道人吴理真在四川名山县蒙顶山上清峰移栽了七株茶树。唐代，蒙顶茶进入黄金发展期。淳熙十三年(1186)，宋孝宗封"七株茶树"种植地为"皇茶园"。

说是过去蒙顶山茶均为贡品，在市面上买不到。清末的时候，有贡茶委员驻守在蒙顶山，监督茶叶采制。如果与他相识，可以得到三五匣茶叶相赠。为什么用"匣"做量词单位？因为蒙山茶与我们平时看到的茶叶完全不一样。匣用锡做成，每匣装茶叶十片，每片保持着茶叶采摘时的形状，像是被压平压干的一样。这是它的独到之处。

蒙顶山茶为绿茶，天下绿茶皆微寒，唯蒙山茶性温。还是前蜀之前，有个僧人患冷病很久，一日遇见一老父，告诉他："蒙顶山的茶，打过春雷后，你亲手采摘，用水煎服，只需一两，就能治好你的病。"僧人听了老父的话，住到蒙山顶去，等候时机采摘。如期采获蒙山茶一两多，治好了冷病。很多年后，老父碰见过这僧人，看起一直只有三十来岁的样子。

每年谷雨时节，蒙顶山要举行采茶仪式。谷雨茶其实比清明茶更有味儿，清明茶味儿淡了些。名山县太爷沐俗更衣，在位于山腰的智矩寺设香案拜天地。然后领着寺里挑选出的九个小和尚至山顶，每个在七株茶树上采摘四十片嫩叶，县太爷本人采五片，合为三百六十五片，代表一年的日子都吉利。所采叶片制成茶叶后，装入锡盒，用黄绫包裹，火漆封缄，择吉日快马送至京城。而此时“扬子江南零水”也同步送到了皇宫。于是，便有了“扬子江心水，蒙山顶上茶”的品茗民谚。

四

我读过十来篇古人写下的茶经茶道，涉及种、采、制、藏以及品茶时的炙、碾、斗、点、煮等众多内容，广而细。比如禁月事期的女人采茶，煮茶不用凶婢和粗童，涉茶器具不能是铜质的……

我从小抱着父亲的茶杯解渴，喝了几十年的茶，只是因为习惯，根本不谙茶经茶道。有一次，几位朋友来家里闲聊，其中只有庄哥喝了我的茶后，不解地问：“这是什么茶？味道有点怪，我从没喝过。”看来庄哥是行家，他在云南茶区做过十多年油帆布生意，耳濡目染，懂茶。“鸡尾茶。”我回答。庄哥一脸茫然。

我笑着告诉他：“我喜欢大杂烩。沱茶、生普洱、茉莉花茶、碧螺春、银针，都放了一点，沱茶最多。有时还放几颗枸杞。”我以前坐班的时候，中午常去一家小饭馆吃快餐，菜品多，都是现炒。老板娘掌勺，有时给客人碗里铲不下的菜，便刮在漏筛瓢里。虽然少得可怜，但炒了二十来份后，够一份的量了，我就要这份“剩菜”。里面猪肝、腰花、肉丝、肉片、回锅肉，蒜薹、豆干、莴笋、芹菜……什么都有，我喜欢。沱茶、生普洱之类，年份越久越好，不然涩味大，口感差。年份久，当然也就贵，一般的几百上千，甚至一万块钱一斤的也有。我喝茶量大，称之“口粮茶”，买茶时根本下不了手。于是，喝年份短的沱茶、生普洱时，放点其他茶，中和一下涩味，口感好多了。庄哥听了我的解释说：“陶老师喝茶有点怪！”

我父亲喝茶更怪，生前可能连“茶道”这词都没听说过。渴了的时候，他现烧滚烫的开水泡茶，而且马上喝。喝的时候当然非常烫嘴，他边吹边吮吸，觉得这样才舒服、过瘾。夏天都如此。冬天，父亲喝得更烫。他用搪瓷盅子泡了茶，放在烤火盆中烧得红彤彤的杠炭边，保持它的烫度，随时饮用。有一年，我在省城开会时，和一位做记者的女同学聊天，无意中聊起父亲喝茶的怪事，没想到二十年后再相遇时，她居然记忆犹新。可能是女人的记忆力好，更有可能是父亲喝茶的方法独特。

渝鄂交界一带土家人习惯喝一种罐罐儿茶，跟父亲的方法大同小异。他们先把茶叶放进一只陶罐里，拿到火塘的柴火上慢慢烤，边烤边摇晃，使茶叶受热均匀，不至于烤煳。茶叶烤枯后，散出扑鼻的香味。这时再冲入沸腾的开水，一次不冲满，分三次冲，俗话说“茶冲三道香”。此刻，罐内泡沫沸涌，水雾升腾，茶香四溢。倒入茶碗饮用，几碗下肚，全身热乎，背心和额头冒汗，顿觉经络通畅，浑身上下舒服。

前年，我去滇南旅行时，听当地人介绍，过去穿越在川滇古道上的马帮也这样喝茶。他们随身带着茶叶和煮茶的陶罐，夜晚一拢幺店子就开煮。途中他们很少吃到蔬菜，又常穿越原始森林，这种喝茶方法可补充身体所需，并除去林中沾染的瘴气之毒。

我与父亲，土家人和马帮，都有着自己的茶经茶道。

五

川江桡胡子爱喝青茶，这种茶过瘾。青茶不是绿茶，谷雨后茶树上的嫩芽长出三四片后才采摘，揉捻时用力轻，保留了叶片更多的青涩味儿。青茶泡出来的茶汁呈褐色，如同桡胡子的皮肤，味儿特别苦涩，但回味悠长。

我家邻居吴大伯早年在川江木帆船上当驾长。他说，酒是川江桡胡子的命根子，茶却成为我的“精神”。

我知事时，吴大伯已经退休上了岸。每天清晨，他第一件事就是泡茶。然后抱着一盅子热茶，串东家走西家，连早饭都不吃，也没见他有胃痛之类的毛病。他泡茶要放上半盅子茶叶，搪瓷盅子里面被泡上了一层厚厚的黑黢黢的茶垢，就是不放茶叶，冲进去的开水照样有味儿。不知是他看重那又黑又厚的茶垢象征老茶客的资格，还是因为盅子是县上“大领导”亲手奖给他的，反正从不离手。虽然盅子上的“先进生产者”几个字，他一个都不认得。

吴大伯当驾长那会儿，他选择瓦罐贮藏茶叶，这样不会跑了茶叶的原气。一般的瓦罐太小，用瓦缸又太大，他居然买了个瓦尿罐，说不大不小正合适。装满后，够他喝到第二年的茶季。明朝浙江茶人许次纾所著《茶疏》里说："收藏宜用瓷瓮，大容一二十斤……"看来吴大伯与古人想到一块儿去了。

桡胡子可以赤裸身子浸泡在寒冷的江水中，但每逢下雨天，一定会头戴斗笠，身披蓑衣。雨水是生水，淋了头和身子会生病。吴驾长规定，斗笠和蓑衣不准拿进船舱；衣服被雨水打湿了，马上换上干的，连手也得擦干。雨水有腥味，会冲淡茶叶的清香。许次纾也说过，"然则阴雨之日，岂宜擅开。如欲取用，必候天气晴明……"吴驾长又与古人不谋而合。

行船途中，经常遇上感冒咳嗽、牙痛、患火眼这些小毛病，只要在茶水中放点食盐，每天喝几次，很快就好了。如果拉痢疾的话，把生姜切成丝，与同分量的茶叶一起，用水熬成浓茶汁喝。姜助阳，茶助阴，一寒一热，调平阴阳。吴驾长称之为茶疗。他茶疗的小单方很多，醋茶、蜜茶、枣茶、萝卜茶、丝瓜茶等好多种，可以治很多的小毛病，全装在他肚子里，谁需要，马上道出。

后来，吴驾长去了，那只心爱的搪瓷盅子作为"衣禄罐"放进了墓穴。川江民间从来都禁忌带铁件下葬，但吴驾长生前说：在阴间我也要用它喝茶，我会保佑你们的。

家里人只好依了他。

孤魂灯

油灯

古镇云安，采卤制盐起于汉代。清澈的汤溪河从镇中间缓缓穿过，蜿蜒向南流去，汇入川江。河两岸，设义渡来往。盐井上的“曳水佬儿”提卤水，灶房里的“炭老倌儿”熬盐，昼夜不停工，午夜时要“转轮子”，河上摆义渡的桡胡子跟着摸黑接送他们。

突然，有一天夜里，义渡口岸边点起了一盏油灯，曳水佬儿和炭老倌儿既高兴又好奇，纷纷询问来由。接连几天夜里，撑船的桡胡子都不厌其烦地解答：汪国宾每天捐一斤菜油，每天傍晚，陈阳端“放工”了去取，再送来渡口。

“哦。”原来大家都认得。汪国宾是个盐灶房老板，还是副镇长。陈阳端，大家更熟悉，单身汉，是位居士，都喊他“陈道人”。他每天的活路是补笕。卤水用竹管输送到灶房，日晒雨淋，会破裂漏水。平时见他每天放工后，挓一把锄头，这里修修路，那里补补石梯。闲不住。

茫茫黑夜，如亮花儿虫的油灯，照亮的只是汤溪河义渡口的一小块地方，但老远看见那光亮，过渡人不觉中加快了脚步……

抗战期间，重庆城遭日机狂轰滥炸，马路上的电杆和路灯被毁，一时难以恢复，市工务局用煤油灯临时充当路灯。油灯呈方形，四面镶有玻璃罩防风雨。每天傍晚，那些街巷中会有一个男人准时出现。有高有矮，有胖有瘦；也可能年轻，也可能是个老头儿。他们提着装油的竹筒，一路不停地添油、点灯，点灯、添油。山城雾大，有时打火石受潮了，连打几下，才点亮灯芯……早上天快亮的时候，再去把这一路的灯一盏盏灭熄。他们是这一条条街的保甲长，负责看管这些煤油路灯——我原来以为他们只“抓壮丁”哩——因此被称为“保甲灯”。

夜色中，满是废墟瓦砾的街道上，一盏盏煤油路灯在玻璃罩里不停地晃动，好像一颗颗跳动的心脏。夜归的人，循着它回家。

七岁小女孩姜二嫚说：

灯把黑夜
烫了一个洞。

孤魂灯

重庆南岸有一条黄桷古道，是沿山坡修建的石梯大路，为川黔故道起点，我寻访过多次。有一天，又爬黄桷古道时，郭老师说，带我们去看一道石朝门，是他参加文物巡查志愿者活动的收获。

没走多久，在一个背弯隐僻处，荒凉与残垣断壁中，唯有一道石门框完好地鹄立着，十分醒目。右边门框上刻着"黔南义庄"四个字，左边刻有"光绪十九年阖省公置"，是建造时间。

郭老师一直在努力，想申报"黔南义庄"为区文物保护单位，因资料不全，又多是口头流传下来的，带我们来看，是想让大家帮助提供一些参考意见。

我大概知道，义庄之举，已有近千年的历史，其实就是停尸房，由当地乡绅、官吏或商号老板带头捐钱捐物，众多平民参与建造的慈善机构。古时，人们外出做工、读书、经商、为官等，如果因病或遭不测而客死异乡，路程再远，家里人想尽办法也要把尸骨运回老家安葬。如果进不了祖坟地，魂魄回不去，成为孤魂野鬼，不能投胎转世不说，逢年过节后人也无法祭奠。因此，古代有专门的运尸从业者，称"赶尸人"。当然，没现在传说的那么诡异，可毕竟也是常人恐惧之事。所以，在运送尸骨回家途中，一般都是夜晚赶路，白天歇店。但古道上的客栈不接纳尸骨，义庄就是临时停放灵柩之地，昼夜亮着灯，大门敞开。

孤魂灯　（[美]路得·那爱德摄于 1911 年）

生老病死，都要回家，这是古旧时候的传统。三十多年前我读孙犁先生《母亲的记忆》，书中“母亲”的话一直深刻于脑海：

> 一九五六年，我在天津，得了大病，要到外地去疗养。那时母亲已经八十岁，当我走出屋来，她站在廊子里，对我说：“别人病了往家里走，你怎么病了往外走呢！”

川江滩险水急，泡漩翻滚，随时随地都会吞噬行驶中的船只。特别是在三峡中，船上桡胡子葬身江浪后，常常连尸首都捞不到，他们的魂魄自然回不了家，成为野鬼在峡江游荡。

“我、的、儿、呀！回——来——哟——”

“我的男客也！你回——来——呀——”

黑夜，峡江里总会传出一声声悠长、凄凉、哀婉的呼唤，飘逝很远很远。也许是一个额头几缕白发散乱的老妇，或者一位梳妆整洁的青发女人，在崖边石块垒砌的香龛中一边烧纸，一边这么低吟。她们是母亲，或是佑客，做这种事的永远都是女人。

崖边的石龛旁，标直地竖立着一根细长的南竹竿，竿头高高悬吊一盏油灯，点亮在荒郊野岭的一个个夜晚。它不为行船引航，自古峡江不能夜航；它只是一盏孤灯，照射不了多远，也不能为夜行者添亮。油灯吊在竿头的木滑轮上，添油的时候，用绳子放下，加满油，再拉上去。峡里有风，也有雨，竖竿人做了一只“人”字形木盖，罩着油灯，像是一只吊在竹竿上的小小房子，在清冷与孤寂中摇曳。

桡胡子葬身峡江后的七天，民间传说是亡人魂魄回家的日子，称“头七”。这天夜晚，亲人从家里提来灯油，点亮这盏孤灯，呼唤桡胡子的名字，那游荡的孤魂从远处寻着声音飘来，看见那盏高高吊着的孤灯，就能回家了。

在三峡博物馆的展厅里，有一盏孤灯的照片，是一个叫路得·那爱德的美国人拍的，大家误认是航标灯。也对，只不过是孤魂野鬼的航标灯，峡江人称“孤魂灯”。

冉白毛摆龙门阵，传说巫峡里一个十七岁的女子，结婚第九天，男客横背“棕包”跟船出峡了，然后再没有回来。每年，男客的生卒忌日、清明、七月半，她都要来到竖竿的山崖，点灯烧纸，呼唤男人的魂魄。久而久之，这崖被叫作望夫崖……